Gerhard Fischer · Leben in Hülle und Fülle

Gerhard Fischer

# Leben in Hülle und Fülle

Erlebnis-Geschichten

johannis

**Bibliografische Information der Deutschen Bibliothek**
Die Deutsche Bibliothek verzeichnet diese Publikation in der Deutschen Nationalbibliografie; detaillierte bibliografische Daten sind im Internet über http://dnb.ddb.de abrufbar.

ISBN 3-501-05310-X

Großdruck-Paperback 05310

Umschlagbild: G. u. S. Stein
Umschlaggestaltung: Friedbert Baumann/Anna Geuenich
Lektorat: Ulrike Chuchra/Dr. Ulrich Parlow
Gesamtherstellung: St.-Johannis-Druckerei, Lahr/Schwarzwald
Printed in Germany 16072/2005

www.johannis-verlag.de

# Inhalt

# Geruhsamer Endspurt

*Ein Vorwort*

43 spannende und abwechslungsreiche Berufsjahre liegen hinter mir – dazu kommen inzwischen schon neun Rentnerjahre – und angefangen hat mein Berufsleben nach einem 22-jährigen Countdown.

Als ich siebzig wurde, begann ich – nicht zum ersten Mal in meinem Leben – ein Tagebuch zu schreiben. Auf die Vorderseite malte ich in großen Buchstaben den Titel *Alt und morsch.* Das ist schließlich nicht zu übersehen und macht sich von den Knien an aufwärts schmerzhaft bemerkbar. Aber ich setzte dahinter keinen Punkt, sondern einen Gedankenstrich und beendete den Satz mit *Kein Grund zur Panik.*

Ich schrieb bereits mit sechs Jahren Tagebuch. Damals kannte ich noch nicht einmal alle Buchstaben unseres Alphabets. Doch von meiner vier Jahre älteren Schwester Ria hatte ich mir schon vor meiner Einschulung einiges abgeguckt und war davon überzeugt, es reiche zur Schriftstellerei.

Es reichte tatsächlich. Sogar mein Vater – von Beruf Lehrer – konnte lesen, was ich geschrieben hatte. Das sah so aus: »mitt godfrd gscuklt runnrfalln nsnblun« – und bedeutete: »Ich habe mit meinem Freund Gottfried geschaukelt und bin dabei heruntergefallen. Meine Nase hat geblutet.« Nachdem ich dann aber gezwungen war, meine kostbare Zeit mit Schulstunden und Hausaufgaben zu vergeuden, verging mir die Lust am Schreiben. Ich wollte viel lieber mit den anderen Jungen im Wald Hütten bauen und Rehen auflauern.

Das Sprichwort sagt: »Der Apfel fällt nicht weit vom Stamm.« Mein Vater führte sein Leben lang ein Tagebuch. So ist es nicht verwunderlich, dass es mich mit dem Schreiben im Lauf meines Lebens mehrmals und mit siebzig noch einmal voll erwischt hat. Doch ich gehe dabei meine eigenen Wege. Im Gegensatz zu meinem Vater schreibe ich nicht täglich, was ich gegessen, getrunken und gelesen habe oder wer mir über den Weg gelaufen ist. Die Art, wie ich Tagebuch schreibe, erinnert mich eher an das, was ich 1945 im Nachkriegsdeutschland erlebte: Früh rückten wir aus, meine Mutter und ich, mit unserem Handwagen, einem leeren Sack und zwei Gartenhacken. Ein Bauer erntete sein großes Kartoffelfeld ab und danach durften wir mit einem ganzen Schwarm von Leuten auf dem Feld nach Früchten suchen, die über und in der Erde liegen geblieben waren.

Unbemerkt gebliebene Früchte und Schätze gibt es auch in unserem Leben. Die Tage sind so gefüllt, dass vieles an uns mehr oder weniger vorbeirauscht oder unbeachtet am Rand liegen bleibt. *Hektik* ist das (Tot-)Schlagwort unserer Tage. Doch als Rentner habe ich Zeit. Ich gebe der Hektik keine Chance, mich bis ins Grab hinein zu tyrannisieren. Die mir verbleibenden Tage fülle ich mit vielem – aber nicht zu vielem – Nützlichen und Schönen. Als Rentner bestimme ich die Zahl meiner Aktionen.

So genieße ich zum Beispiel auf meinen Spaziergängen von einer Ruhebank aus den Blick auf das Waldtal und lasse meinen Gedanken freien Lauf. Unter mir fährt der Zug in Richtung Neuhausen. Er kommt hinter Olbernhau an der Fabrik vorbei, in der ich nach 1945 als Hilfsarbeiter mit 50 Pfennig Stundenlohn beschäftigt war. Ich erinnere mich an die alte Dampfmaschine und die erinnert mich wiederum an ein sehr spannendes Gespräch mit dem Saxophonisten des Zirkus PROBST nach einem Mitternachtsgottesdienst und von da aus ist der Sprung nicht weit zu der bildhübschen, aber unberechenbaren Artistin – »Hörnchen« genannt –, die in einem Wutanfall ihrem Partner den Stöckelschuh beinahe bis ins Gehirn drückte.

Ein paar Tage später inspiriert mich ein Fernsehfilm, auf die Zeit unserer jungen Liebe und auf meine tollen Einfälle bei der Erziehung unserer Kinder zurückzublicken.

Der Tod eines Freundes lässt mich über *meine* Zukunft nachdenken. Das ist für einen alten Menschen noch wichtiger als die Spaziergänge durch den Park der Vergangenheit.

Daheim vertraue ich am Schreibtisch meinem Tagebuch alles an – die Erinnerungen und die Gedanken, die ich mir heute über meine damaligen Erlebnisse mache.

Für wen schreibe ich? In erster Linie für mich selbst. Ich kann nur schriftlich denken. In zweiter Linie für meine Kinder, Enkel und Urenkel. Sie sollen, wenn sie nach meiner Beerdigung noch zum Kaffeetrinken beieinander sitzen, aus dem Tagebuch vorlesen. Dabei wird ihnen hoffentlich alle Traurigkeit vergehen, die bei derartigen Gelegenheiten aufkommt. Meine Frau fragt mich allerdings, warum ich ihnen meine Aufschriebe – wenigstens teilweise – nicht schon früher zugänglich machen will. Es könnte doch sein, dass ich noch 20 Jahre lebe. Meine Mutter wurde 90, meine Großmutter 96 Jahre alt. »Mach ein Buch daraus, dann haben schon jetzt viele etwas davon«, rät mir meine Frau.

Ein Buch. Das ist für mich nichts Neues. Ich habe den Leuten in den letzten Jahren mehrere Bücher untergejubelt, in denen ich zum Beispiel ausführlich über meine Erlebnisse als Zirkus- und Gemeindepastor erzähle. Vielleicht greift mancher am Abend gern nach einer heiteren Lektüre und hofft, danach gut schlafen zu können. Im Stillen wünsche ich mir allerdings, dass meine Tagebuchgeschichten nicht nur gesunden Schlaf bewirken, sondern auch ein gesundes Nachdenken über eigene Lebensphasen und -ziele. So bin ich zu dem Entschluss gekommen, auch dieses Buch noch auf den Markt zu bringen.

Welchen Titel soll es tragen? Kurz und bündig muss er sein und den Kern der Sache treffen: *Leben in Hülle und Fülle.*

Wer in früheren Jahrhunderten die nötigen Kleider im Schrank hatte, um sich in sie zu *hüllen*, und dazu die nötige Vollwertkost in der Speisekammer, um sich damit den Magen zu *füllen*, der lebte, wie man es damals ausdrückte, *in Hülle und Fülle.* Es ging ihm gut. Heutzutage meinen wir mit Hülle und Fülle den Überfluss. Wer zum Beispiel in seinem Garten Obst *in Hülle und Fülle* erntet, hat mehr als genug davon.

Jesus hat gesagt (Johannes 10,10): »Ich bin gekommen, damit ihr das Leben in Hülle und Fülle habt.« Er hat Wort gehalten. Selbst in schwierigen Zeiten war mein Leben niemals dürftig, sondern reich und wertvoll. Und das Beste steht mir noch bevor: die Ewigkeit und Seligkeit in seinem Reich.

Ich bilde mir ein, mein Tagebuch eigne sich nicht nur als Lektüre für Rentner, sondern auch für junge Leute. Je früher sich ein Mensch mit den späten – und angeblich kritischen – Jahren vertraut macht, umso besser wird er sie verdauen. Mehrere Kapitel eignen sich zum Vorlesen für Kinder, die vielleicht gerade erst zur Schule kommen, und Teenager mögen über die Geschichten aus meinen Jünglingsjahren und die Erzählungen über meine Enkel schmunzeln und auch über die Kommentare, die ich dazu abgebe. Vielleicht blättern sie zu den Seiten, die sich mit dem Alter beschäftigen, und finden manches Interessante dort.

Inzwischen schreibe ich weiter, bis Gott mir den Kugelschreiber aus der Hand nimmt und sagt: »Schluss jetzt! Das letzte Kapitel bleibt ungeschrieben.«

# Der weiße Schwan

»Alt und morsch« liege ich zur Mittagsruhe auf der Couch oder sitze auf einer Bank am Wiesenrand und genieße nachträglich Erlebnisse, die ich in der Zeit, als ich noch »jung und stabil« war, viel zu achtlos überging.

Zum Beispiel: Ein schwarzbraunes Mädchen in grünen Kniestrümpfen lief auf der Straße am Fenster meines Schulzimmers vorbei. Meine Augen folgten ihm. Es verschwand eilends hinter einer Gartentür. Jetzt gelingt ihm das nicht mehr. In der Erinnerung lasse ich das schöne Kind im Zeitlupentempo an meinem Fenster vorbeilaufen – einmal – zweimal – dreimal – und weil es mir so viel Spaß macht, ein viertes und ein fünftes Mal. Und noch einmal von vorn. Ist das nicht herrlich?

Sonntagmorgen. Das schwarzbraune Mädchen nahm an jedem Gottesdienst teil. Genau wie ich auch. Doch ich setzte mich erst in die Kirche, wenn es seinen Platz eingenommen hatte. Wenigstens sein Profil wollte ich beim Singen, Beten und Zuhören vor Augen haben. Ich fand es bedauerlich, dass unsere Gottesdienste nicht drei bis acht Stunden dauerten wie in Indien oder Afrika. Auf meiner Couch habe ich damit kein Problem. Ich schaue zu ihm hin, solange es mir gefällt.

Endlich kam der Tag, an dem sich das schwarzbraune Mädchen in einen »weißen Schwan« verwandelte. Dieser Ausdruck stammt von meinem Schwiegervater, der bei der Hochzeitsfeier erklärte: »Nun ist aus dem hässlichen jungen Entlein doch noch ein weißer Schwan geworden.« Am 13. Juli 1954 sah ich dieses Wunder im Treppenhaus des »Millionenbaus« (so genannt, weil dieses Pfarrhaus so wuchtig wirkte) in der Wittigstraße in Meißen-Triebischtal. Der weiße Schwan strahlte mich an – nicht ahnend, was ihn an meiner Seite alles erwarten würde.

Noch immer steht der weiße Schwan vor mir, sooft und solange ich will. Diesen Vorzug habe ich als Rentner!

Ein Dreivierteljahr später saß ich um 0.30 Uhr im Treppenhaus der Entbindungsklinik am Dresdner Waldpark. Sigrid wurde eine Etage über mir für den großen Augenblick der Geburt vorbereitet.

Was geht einem 24-jährigen Grünschnabel in so einer Situation durch den Kopf? Ich weiß es nicht mehr. Das ist sicher auch gut so, es wird nichts Großartiges gewesen sein. Was ich aber behalten habe und noch heute genieße, ist das Bild, das sich mir damals ganz unerwartet bot: Auf dem oberen Treppenabsatz tauchte Sigrid plötzlich noch einmal auf und winkte mir zu. Du liebe Zeit! Diese Frau wäre für Leonardo da Vincis berühmtes Bildnis tausendmal besser geeignet gewesen als die Mona Lisa. Doch da war sie schon wieder verschwunden. Warte nur! Jetzt hole ich dich zurück, sooft und solang ich es will. Wir zwinkern uns zu und nehmen uns viel Zeit, bis ich darüber in meinen Mittagsschlaf falle.

Kurze Zeit später kam die Nachtschwester und schickte mich mit der Begründung weg, sie könne mich hier nicht so lange dulden. Also ging ich, weckte meine Schwiegereltern und schlief auf deren Wohnzimmercouch tief und fest, wie es ein gestresster Ehemann und werdender Vater eben bitter nötig hat und verdient. Frauen sind für solche Situationen anders konstruiert. Sie überstehen eine Geburt ohne jede Schwachheit und Müdigkeit. Außerdem sind sie seit Erschaffung ihrer Urahnin Eva den Anblick eines schlafenden Ehemanns gewohnt.

# Mein liebes Schlafgesindel

Wir waren jung verheiratet. Diese Begebenheit liegt also fast 50 Jahre zurück. Unser erstes Kind, Johannes, lag im Stubenwagen und wurde von seiner Mama liebevoll umsorgt. Dazu gehörten auch die regelmäßig eingehaltenen Stillmahlzeiten, abends um 22 Uhr die letzte, morgens um sechs Uhr die erste.

Einmal kam ich um 22.30 Uhr nach einem anstrengenden Tag vom auswärtigen Abenddienst heim, schob mein Dienstfahrrad in den Schuppen, sah unsere Schlafzimmerfenster erleuchtet und freute mich: »Aha! Sigrid hat Johannes schon fertig gestillt und geht schlafen. Das ist gut. Ich bin sehr müde und möchte mich auch gleich hinlegen.« Ich kam ins Haus, zog mir Schuhe und Jacke aus und trat ins Schlafzimmer. Den Anblick, der sich mir dort bot, habe ich noch heute vor Augen: Mutter und Kind waren mitten in der Abendmahlzeit fest eingeschlafen. Statt vor Entzücken über dieses Bild sofort das *Halleluja* aus Händels *Messias* anzustimmen und es mindestens zehnmal vorwärts und dann ebenso viele Male rückwärts zu singen, war ich sauer.

Unsanft weckte ich meine Frau: »Seid ihr fertig?«

Sie lächelte mich verzückt an. »Fertig? Wir haben noch gar nicht richtig angefangen. Vorläufig genießt unser Lieblingssohn meine Nähe als willkommene Vorspeise.«

»Ach! Und wie lange wird es dauern, bis er mit dem

Dessert fertig ist? Das wird wieder Mitternacht, ehe es hier Ruhe gibt!« Peng!

»Sei doch nicht gleich so wütend. Sieh nur, wie er im Schlaf lächelt.«

Ich aber sah gar nichts außer den Zeigern der Uhr, die unaufhaltsam vorrückten und mich höhnisch angrinsten: »Hähä! Das geht alles von deiner Schlafenszeit ab!«

Ich weiß, jeder halbwegs vernünftige Mensch wird seinen Kopf schütteln und denken: »Der war unmöglich!« War? Ich bin es noch. Wären in den 50 Jahren unserer Ehe meine völlig danebengegangenen Reaktionen auf einer Strichliste gezählt worden, läge das Ergebnis ganz sicher bei den biblischen »siebzigmal siebenmal«. Ich muss meine Frau bitten: »Sigrid, verzeih mir.« Und ich muss ihr sagen: »Danke, du hast mir längst und ungezählte Male vergeben.«

Jetzt, wo ich nicht etwa klüger, sondern nur älter geworden bin, erlebe ich die in meiner Erinnerung festgehaltene Begebenheit ganz anders. Während ich zur Rentnermittagsruhe auf der Couch liege, hole ich mir das Bild des lieben »Schlafgesindels« ins Gedächtnis zurück und genieße es nachträglich ausgiebig. Da liegt sie, die Mutter mit ihrem Kind im Arm.

Johannes hatte es nie eilig, das edle Milchprodukt aus Mamas Brust zu saugen. Er genoss erst einmal ihre Nähe, drückte sein Bäckchen fest an ihre weichen Formen, schlief und träumte sicherlich vom Paradies.

Nein. Jetzt wecke ich sie nicht. Das Bild ist zu schön und ich habe Zeit und Muße, es mit meinem Herzen zu betrachten.

Nun ist er aber wohl doch munter geworden. Seine

Schnute sucht nach der »Zapfstelle«. Auch Mama wird munter, fasst zu und schiebt ihm das Gewünschte in den kleinen Mund. Er schmatzt. Doch das dauert nicht lange. Schon schläft er wieder.

Das hat er keinesfalls von mir geerbt. Wenn ich esse, dann geht das hintereinander weg. Er aber lässt sich Zeit. Er genießt! Während ich hier auf meiner Couch liege, stört mich das überhaupt nicht. Ich genieße es mit ihm.

Ein weiteres Bild steigt in meiner Erinnerung hoch: Als Sigrid ihm nach Monaten zum ersten Mal die Flasche anbot und er am Gummi statt an der lebendigen Brustwarze saugen sollte, hat er energisch protestiert, aber schließlich nach ergebnislosem Kampf begriffen, dass auf der Erde geschummelt wird.

# Männer sind eben so

Sigrid hatte unser erstes Wohnzimmer in Kesselsdorf allein eingerichtet, weil ich noch einen Monat in meiner alten Dienststelle bleiben musste. Als ich das Zimmer betrat, saß meine Frau schelmisch lachend auf dem hinter meinem Rücken und gegen meinen Willen gekauften Teppich. Auf diese Weise entwaffnen Frauen ihre Männer.

Ich hatte so einen »Bodenbelag« für überflüssigen Luxus gehalten, der nur Kosten verursacht – womit ich ja auch Recht behielt. In der nächsten Woche mussten ein Teppichklopfer und ein Staubsauger gekauft werden. Doch das hatte meine Frau in ihre Überlegungen längst einbezogen. Da saß sie also – jung, schön und fröhlich. Ein Bild zum Festhalten. Mich inspirierte sie damals allerdings zu dem wenig schmeichelhaften, wenn auch mit einem Lächeln verbundenen Kosewort »Mistweib«. Einfach unmöglich.

Die Frau eines Mannes, der solche »Komplimente« macht, sollte sich in eine Würgeschlange verwandeln können. Doch Sigrid hatte von Anfang an begriffen: Man muss Männer nehmen, wie sie sind; es gibt keine anderen.

Ich erinnere mich, wie es einmal klingelte. Ich ging zur Tür und öffnete. Sigrid stand draußen. »Ich bin mit dem Moped gestürzt!«

Was tut ein liebender Mann in so einer Situation? Er nimmt die Frau in den Arm und ruft: »Gott sei Dank, du lebst! Tut dir etwas weh?«

Was aber machte ich? Ich fragte ärgerlich: »Was ist mit dem Moped? Fährt es noch?« Hier ist jeder Kommentar überflüssig. Reumütig denke ich immer wieder an diese Vorfälle und schäme mich.

Es gibt auch schönere Erinnerungen: Sigrid und die Kinder fuhren noch vor mir im Zirkus mit, während ich zu einer Vortragsreise unterwegs war. Am nächsten Tag würde ich sie abholen. Ich überlegte, was ich meiner Frau mitbringen könne. Es sollte etwas sein, worüber sie sich freuen würde. So etwas geht bei mir meistens schief. Diesmal aber sollte es klappen. Sigrid ist eine Wasserratte. Wenn es möglich wäre, würde sie ihr Leben am und im Wasser verbringen. Da bei uns Geld knapp, sogar sehr knapp war, konnte sie sich keinen neuen Badeanzug leisten. Jetzt wollte ich ihr einen ganz schicken schenken, in dem sie nicht nur schön, sondern die Schönste sein würde.

Ich hatte heimlich Pfennig für Pfennig gespart und ging nun in ein Geschäft, um einen Bikini zu kaufen. Als die Angestellte mich nach der Größe fragte, geriet ich in arge Bedrängnis. Ich wusste mir aber zu helfen: Ich musterte die Verkäuferinnen von Kopf bis Fuß, fand schließlich die Richtige und sagte: »Was ihr passt, passt auch meiner Frau.«

Als Sigrid dann – sichtlich erfreut über mein Geschenk – im bunten Bikini vor mir stand ... nein, das schreibe ich nicht auf. Dieses Bild gehört mir allein!

Jahre später lag Sigrid im Krankenhaus, mehr tot als lebendig. Die Ärzte konnten lange keine Diagnose stellen. Sie musste künstlich ernährt werden.

Wenn ich sie besuchte, konnte sie mir kaum die

Hand geben, so schwach war sie. Aber ihre Augen strahlten Frieden aus! »Ich fühle mich in dem Bett wie in Gottes Händen«, sagte sie. Nicht die geringste Spur von Traurigkeit, Angst oder gar Verzagtheit war auf ihrem Gesicht zu sehen. »Es geht mir gut!« Dabei war ihr Körper nur noch Haut und Knochen; Geist und Seele aber erfreuten sich bester Gesundheit. Dem schloss sich nach Monaten auch der Leib wieder an. Gott sei Dank!

Ich denke wieder und wieder über das Vergangene nach. »Ich gedenke der vergangenen Jahre. Gott, dein Weg ist heilig« (Psalm 77,6.14).

Halleluja für so viel Rentnerglück!

# Schauplatz Friedhof

Heute wird in Heidersdorf mein Freund Gottfried beerdigt. Viele von denen, die mit mir aufgewachsen sind, sind inzwischen gestorben. Eines Tages werde ich an der Reihe sein, von der Bildfläche zu verschwinden. Das ist einfach so. Sich über diese Tatsache hinwegzutäuschen macht das Sterben nicht leichter.

Ich nutze die ruhige Mittagsstunde und denke an die Menschen, die sich jetzt gewiss in großer Zahl um den Sarg versammeln. Den Klang der Glocken habe ich noch im Ohr. 18 Jahre wohnte ich unmittelbar neben der Kirche und dem Friedhof. Da prägen sich solche Geräusche unauslöschlich ein.

Vor einem Jahr konnte ich Gottfried noch an seinem Krankenbett besuchen. Ich las ihm unsere gemeinsame Geschichte *Die Bruchlandung* aus meinem Buch *Nur echte Engel sind schwindelfrei* vor. »Weißt du noch, Gottfried, wie wir damals auf dem Schulboden die Kisten deiner Tante aufbrachen und das Porzellan zerschlugen?«

»Oh ja, das weiß ich noch!«

»Weißt du auch noch, dass ich dir mit einem Stein ein Loch in den Kopf warf?«

Er lächelte. »Ja, auch das weiß ich noch.«

Ich sehe uns im Sandkasten spielen, miteinander auf der Schaukel sitzen und in den Apfelbäumen Hütten bauen. Es war eine schöne Zeit.

Gottfrieds Vater, Alfred Beer, war Kirchner und

Schulhausmeister. Auf Schritt und Tritt begleitete ihn sein großer, treuer Hund Harras. Mein Leben lang habe ich mich vor allen Hunden gefürchtet, egal welcher Rasse, nur vor Harras nicht. Sein Bellen klang nie bösartig, eher wie Freudengeheul. Er sprang mich nie an, sondern stellte sich höchstens brav neben mich in der Hoffnung, von mir gestreichelt zu werden. Dieses Tier passte gut zu seinem freundlichen und friedlichen Herrn. Alfred Beer war ein wunderbarer Mann und Vater, wurde mit 35 Jahren zum Kriegsdienst eingezogen und verlor in der Schlacht um Stalingrad sein Leben. Gottfried wurde mit zehn Jahren Halbwaise.

Gott nahm sich des Jungen und seiner Mutter fürsorglich an. Der Orthopädieschuhmacher Härtwig aus Heidersdorf, der selbst keine Kinder hatte, stellte Gottfried nach dem Schulabschluss als Lehrling bei sich ein und überließ ihm schließlich das gesamte Grundstück mit Haus und Geschäft.

Jetzt liegst du also im Sarg, Freund meiner Kindertage. Aber das ist dir völlig gleichgültig. Die Erdenzeit liegt hinter dir mit all ihren Leiden und Freuden. Für dich beginnt das ganz neue Leben im Reich unseres himmlischen Vaters.

Gottfried und ich wuchsen beide mit dem Tod auf und fanden es sehr bedauerlich, dass wir nicht auf dem Friedhof spielen durften. Ich sehe es noch vor mir, wie wir mit fünf, sechs, sieben, acht Jahren an meinem Kinderzimmerfenster klebten, das wir nicht öffnen durften. Von dort aus konnten wir beobachten, was auf dem Friedhof geschah. Das war spannend! Wir verpassten keine Beerdigung. Während die Glocken läuteten, ging der Trauerzug vom Haus des Verstorbenen aus durch den Ort, vorneweg mein Vater mit Zylinder, es folgte die Kurrende – der Knabenchor –, dann der Pfarrer in seiner Amtstracht und hinter ihm das Interessanteste von allem, der Leichenwagen. Er wurde von zwei Pferden gezogen, die mit schwarzen Tüchern behängt waren. Der Kutscher trug einen schwarzen Anzug, einen Zylinder und weiße Handschuhe.

Den Sarg konnte man durch die geschliffenen Seitenfenster des Wagens gut sehen. Vor dem Friedhofstor machte der Trauerzug Halt. Die Leichenträger öffneten den Wagen, zogen den Sarg heraus und trugen ihn an Stangen über den Friedhof zu der frisch ausgehobenen Grube. Auf dem Weg sang mein Vater mit der Kurrende:

*Lasst mich gehn, lasst mich gehn,*
*dass ich Jesum möge sehn!*
*Meine Seel ist voll Verlangen,*
*ihn auf ewig zu umfangen*
*und vor seinem Thron zu stehn.*

*Ach wie schön, ach wie schön*
*ist der Engel Lobgetön!*
*Hätt ich Flügel, hätt ich Flügel,*
*flög ich über Tal und Hügel*
*heute noch nach Zions Höhn.*

*Paradies, Paradies,*
*wie ist deine Frucht so süß!*
*Unter deinen Lebensbäumen*
*wird's uns sein, als ob wir träumen.*
*Bring uns, Herr, ins Paradies!*

Dieses Lied habe ich als Kind so oft gehört – später auch mitgesungen –, dass es mir bis heute vertraut geblieben ist. Aus den Kirchengesangbüchern wurde es längst gestrichen, vielleicht wegen der schmalzigen Melodie oder weil das Paradies und die Umarmung Jesu nicht mehr »in« sind – ich weiß es nicht.

Nur eins wunderte uns damals: Der Tote musste getragen werden und doch sang die Kurrende: »Lasst mich gehn, lasst mich gehn ...« Besonders spannend war für uns der Moment, in dem die Leichenträger den Sarg an Gurten in die Grube hinunterließen. Da weinten die Leute am heftigsten. Wir verglichen: »Heute ham se mehr geheult als vorige Woche.«

Drei Überlegungen bewegten uns immer wieder – zum einen, dass es sich in dem Dreck nicht gut lag, zweitens, dass man von den schönen Blumen auf dem Grab von unten nur die Wurzeln sah, und drittens, dass es in einem Sarg sehr eng sein musste.

»In der Kiste kann man sich beim Schlafen ja nicht mal drehen.«

»Tote brauchen sich nicht zu drehen. Die schlafen ganz fest.«

»Ich schlafe auch fest und drehe mich trotzdem. Abends schlafe ich links ein und morgens wache ich rechts auf.«

»Na, so viel Platz wird da drin schon sein.«

Das waren damals unsere einzigen Probleme mit dem Tod. Als jedoch im dritten Schuljahr Siegfried Einhorn plötzlich an einer Gehirnhautentzündung starb und beerdigt wurde, sah das ganz anders aus. Sterben war also nicht nur eine Sache alter Menschen. Man konnte auch schon als Kind begraben werden. Dass Siegfried jetzt ungestraft in der Schule fehlen durfte, mochte ja noch angehen, aber er konnte nun auch nicht mehr mit uns durch den Wald toben und Reisighütten bauen.

Ursel Liesche starb als junge Frau. Wir waren zusammen in die Schule gegangen. Schon als Kind hatte ich sie wunderschön gefunden. Was für ein grässlicher Lump war der Tod, wenn er eine eben erst aufblühende Rose in den Sarg zwang und in der Erde vergrub! Von dem Tag an wurde er mir zum gefährlichen Feind, dem ich schutzlos ausgeliefert war, wie ich meinte.

Wie es wirklich ist, erfuhr ich jedoch schon bald aus der Bibel: Der Tod lebt nur von der Sünde. Wo keine Sünde ist, endet seine Macht. Jesus trat gegen den Tod an. Er, der selbst ohne Sünde war, lud sich die Sünde der ganzen Welt auf und geriet bewusst in das Schussfeld des Todes, »damit alle, die an das Gotteslamm glauben, nicht verloren werden, sondern das ewige Leben haben« (Johannes 3,16). Er starb mit dem Triumph: »Es ist vollbracht!« Diese drei Worte hat der Tod gewiss besser verstanden als wir. Sie bedeuteten seine Entmachtung! Zum Beweis dafür ließ Gott Jesus auferstehen. Er lebt! Wer Ohren hat zu hören, der höre, und wer Augen hat zu sehen, der sehe: »Der Tod ist verschlungen vom Sieg Jesu« (1. Korinther 15,54). Dieser Sieg gilt jedem, der Jesus lieb hat!

Sicher werde ich sterben. Doch ich gehöre Jesus. Wenn der Tod nach mir greift, steht Jesus dabei. Er befiehlt dem finsteren Gesellen: »Lege ihn mir in die Arme! Er gehört mir! Ich bringe ihn heim!« So sehr der

Tod dann auch mit den Zähnen knirscht – ihm bleibt keine andere Wahl. Gotteskinder sind seiner Macht ein für alle Mal entzogen. Darum: »Lebe ich, so lebe ich dem Herrn. Sterbe ich, so sterbe ich dem Herrn. Lebend und sterbend gehöre ich dem Herrn!« (Römer 14,8)

Gott sei Dank, dass er mich das schon früh begreifen und ergreifen ließ. Das Leben ist doppelt schön, wenn man weiß, wie gut man »am Ende« dran ist!

In diesem Glauben erlebte ich das Sterben meines Vaters, meiner Mutter, meines Schwiegervaters, meines Freundes Armin und vieler Christen, die ich als Pfarrer beerdigte.

Gott hat mir bis heute nicht zugemutet, am Grab eines mir ganz nahen Menschen wie »Weib und Kind« stehen zu müssen. In so einem Fall kommt gewiss eine gehörige Portion Traurigkeit hinzu. Aber sie vermag die Gewissheit nicht auszulöschen: »Es wird gesät ein natürlicher Leib und wird auferstehen ein geistlicher Leib« (1. Korinther 15,44).

Der Tod bleibt bis zum Ende dieser Welt und bis Jesus wiederkommt, ein Feind, aber ein Feind, über den das endgültige Urteil bereits gesprochen ist: »Er wird vernichtet!« (1. Korinther 15,26)

Ich singe mit Paul Gerhardt:

*Die Höll und ihre Rotten,*
*die krümmen mir kein Haar;*
*der Sünden kann ich spotten,*
*bleib allzeit ohn Gefahr.*

*Der Tod mit seiner Macht*
*wird nichts bei mir geacht':*
*Er bleibt ein totes Bild,*
*und wär er noch so wild.*

*Ich hang und bleib auch hangen*
*an Christus als ein Glied;*
*wo mein Haupt durch ist gangen,*
*da nimmt er mich auch mit.*
*Er reißet durch den Tod,*
*durch Welt, durch Sünd, durch Not,*
*er reißet durch die Höll,*
*ich bin stets sein Gesell.*

*Er dringt zum Saal der Ehren,*
*ich folg ihm immer nach*
*und darf mich gar nicht kehren*
*an einzig Ungemach.*
*Es tobe, was da kann,*
*mein Haupt nimmt sich mein an,*
*mein Heiland ist mein Schild,*
*der alles Toben stillt.*

*Er bringt mich an die Pforten,*
*die in den Himmel führt,*
*daran mit güldnen Worten*
*der Reim gelesen wird:*
*»Wer dort wird mit verhöhnt,*
*wird hier auch mit gekrönt;*
*wer dort mit sterben geht,*
*wird hier auch mit erhöht.«*

Bis dahin halte ich es mit Ämilie Juliane Gräfin von Schwarzburg-Rudolstadt:

*Ich leb indes in dir vergnüget*
*und sterb ohn alle Kümmernis.*
*Mir g'nüget, wie mein Gott es füget;*
*ich glaub und bin es ganz gewiss:*
*Mein Gott, mein Gott,*
*aus Gnad durch Christi Blut*
*machst du's mit meinem Ende gut.*

# Keine Zeit zum Verwesen

Gottfried wurde nicht beerdigt, sondern verbrannt, wie das heute weithin üblich ist. Möglicherweise hatte er sich das so gewünscht. Wir haben uns längst an die so genannten »Einäscherungen« gewöhnt. Warum eigentlich?

Das hat sicher mehrere Gründe. Vielen ist es schon zu Lebzeiten ein abscheulicher Gedanke, in einem langen Prozess von Bakterien und allem möglichen Gewürm zerfressen und in Erde verwandelt zu werden. Also machen sie kurzen Prozess. Rein ins Feuer! Alles Asche! Der kleine Rest wird zusammengefegt und in einem Metall-, Ton- oder Kunststofftopf mit Deckel verwahrt. Lateinisch wird das Gefäß »Urne« genannt, das klingt pietätvoller. Das Ganze ist so sauber, dass man den Großvater in seiner Dose bedenkenlos zwischen den Flaschen der Getränkebar im Wohnzimmerschrank stationieren könnte.

Außerdem ist eine Einäscherung platzsparend. Es muss kein so tiefes und großes Loch gegraben werden. Auch die Bepflanzung wird billiger. Und schließlich geht es eben schnell. Wir haben es ein Leben lang eilig. Warum soll das nach dem Sterben plötzlich anders sein?

Tempo, Tempo! Der Krematoriumsofen macht's möglich. Was in der Erde Jahrzehnte dauert, erledigen die Flammen in Minuten.

Ach, liebe Leute, muss das sein? Gebt doch der Erde, was und wie es ihr gehört. Sind die vielen arbeitslosen Menschen nicht schlimm genug dran? Müssen wir auch noch die fleißigen Bakterien zum Nichtstun verdammen?

Ich gönne es meinem Fleisch und Blut, sich mit Muße in das zurückverwandeln zu können, wovon es ausgegangen ist: »Denn du bist Erde und sollst zu Erde werden« (1. Mose 3,19).

Über sieben Jahrzehnte hat mein Herz unermüdlich gepumpt, haben die Hände Frau und Kinder gestreichelt, das Brot festgehalten und zum Mund geführt, haben die Füße mich Tag für Tag zur Arbeit in die Fabrik, im Urlaub durch den Ostseesand und während Sigrids Krankheit in die Klinik getragen. Mehr noch: Dieser Körper war lebenslang ein Tempel des Heiligen Geistes Gottes. Und zum Schluss soll er wie ein alter Filzlatschen verfeuert werden?

Ich hoffe, dass viele noch einmal darüber nachdenken. Es gibt inzwischen auf den meisten Friedhöfen eine »Wiese«, auf der man ohne Grabhügel und aufwendige Bepflanzung erdbestattet werden kann.

Vielleicht wundert sich mancher, dass ich mich gegen die Verbrennung ausspreche. Mir als Christ könnte es doch egal sein, was aus meinem Körper wird. Die Hauptsache ist, meine Seele kommt zu Gott.

Falsch! Gott hat mich schon im Mutterleib gebildet. Leib, Seele und Geist sind sein Werk. Er hat mir meine Unverwechselbarkeit in der Fülle seiner Schöpfung gegeben. Ich lege das Werk seiner Hände dorthin zurück, woher er es genommen hat: in die Erde. Auch der Leichnam hat seine Würde von Gott. Amen! So ist es und so bleibe es!

# Umzug ohne Spediteur

Umzüge sind nicht mein Fall. Als Kind habe ich die Wohnung nur einmal gewechselt: 1945 wurde mein Vater als Lehrer entlassen und wir mussten die Schulwohnung räumen. Pastor Schulze nahm uns im Pfarrhaus auf.

Während meiner Ausbildung zum Diakon packte ich sechsmal die Koffer. Mit Weib und Kind zog ich von Plauen nach Kesselsdorf, von Kesselsdorf nach Lommatzsch, von Lommatzsch nach Falkenau und nach meiner Emeritierung innerhalb Falkenaus in eine Genossenschaftswohnung. Das reicht mir.

Ob mir noch ein Umzug bevorsteht – vielleicht ins Altenpflegeheim –, weiß ich nicht. Wenn ja, dann fällt der für mich harmlos aus. Ein paar Hemden, Hosen und Socken, die Bibel und die Uhr ... na gut, Fernseher und CD-Player müssen auch noch mit. Mit dem übrigen Kram müssen die Kinder fertig werden.

Der wirklich letzte Umzug – ins Himmelreich – wird der Einfachste: »Das Totenhemd hat keine Taschen.« Alles bleibt auf der Erde zurück. Herrlich! Viel ist das bei uns sowieso nicht. Das meiste kommt gleich in den Müll, und den Rest nehmen die Erben. Gott hat es uns ein Leben lang leicht gemacht.

Bis zum Untergang der DDR im Jahre 1990 lebten wir ganz im Sinne des Pauluswortes aus 1. Timotheus 6,8: »Wenn wir zu essen haben und uns kleiden können, so wollen wir zufrieden sein.« Wir waren es.

Als später unser Verdienst etwas reichlicher ausfiel, lebte es sich allerdings auch nicht schlecht. Arme Schlucker sind wir aber nie gewesen. Im Gegenteil.

Als »Miterben Christi« (Römer 8,17) gehören wir zu den Multimillionären des Himmels. Diese Schätze gehen uns auch im Sterben nicht verloren. Es stimmt wirklich, was Paulus schreibt: »Reich ist jeder, der an Gott glaubt (Römer 10,12).« Wer hier etwas besitzt, soll sich getrost daran freuen, Gott danken und den Armen davon abgeben. Aber die Lebenskraft verschwenden, um Schätze anzuhäufen, nein, das lohnt sich nicht.

Moment mal, ist Jesus da nicht anderer Meinung, wenn er in Matthäus 6,20 sagt: »Sammelt euch Schätze«? Wir müssen weiterlesen, liebe Leute! Der ganze Satz heißt: »Sammelt euch Schätze im Himmel!«

»Das ist auch gut«, denkt mancher Schlaumeier. »Schätze im Himmel sind gewiss Pluspunkte bei Gott, die ich mir durch ein paar gute Taten in meinem Erdenleben verdiene, um mir später in ›Petri Intershop‹ dafür Waren einzuhandeln, die ansonsten – nämlich für die gewöhnlichen Unsterblichen – nicht zu haben wären.«

Wer so etwas glaubt, der irrt sich gewaltig! Jesus spricht von Schätzen, mit denen wir von der Erde aus den Himmel schmücken zur Ehre Gottes und zur Freude aller, die ihn bevölkern. Keiner von uns wird, wenn er dann selbst dort ist, auf den Gedanken kommen, aus den vielen Schätzen seine eigenen Beiträge herauszusuchen und zu prahlen: »Seht her! Dieser Edelstein am Fuß von Gottes Thron geht auf mein Konto. Ich verdiente ihn mir, als ich auf der Erde nach

dem schrecklichen Krieg einem Hungernden meine Kartoffelsuppe überließ, obwohl mir selbst der Magen knurrte!«

Worauf gründet sich denn nun meine Gewissheit, in den Himmel überhaupt eingelassen zu werden? Auf die Aussagen der Bibel. Ich habe in meinem Zimmer ein paar Sätze Martin Luthers hängen, der sich im Wort Gottes sehr gut auskannte. Er schrieb:

*Mir ist es bisher wegen angeborener Bosheit und Schwachheit unmöglich gewesen, den Forderungen Gottes zu genügen. Wenn ich nicht glauben darf, dass Gott mir um Christi willen dies täglich beweinte Zurückbleiben vergebe, so ist's aus mit mir. Ich muss verzweifeln.*
*Aber das lass ich bleiben. Wie Judas an den Baum mich hängen, das tu ich nicht. Ich hänge mich an den Hals oder Fuß Christi wie die Sünderin. Ob ich auch noch schlechter bin als diese, ich halte meinen Herrn fest.*
*Dann spricht er zum Vater: »Dieses Anhängsel muss auch durch. Es hat zwar nichts gehalten und alle deine Gebote übertreten, Vater, aber er hängt sich an mich. Was soll's! Ich starb auch für ihn. Lass ihn durchschlupfen.«*
*Das soll mein Glaube sein.*

Meiner auch!

# Gute Aussichten

Unser Enkel Camillo betrat einmal mit seinem Vater eine Apotheke. Er war damals vier Jahre alt. Es herrschte Betrieb. Also musste man sich anstellen. Das Kind hatte damit keine Probleme. Es fand immer jemanden zur Unterhaltung. Diesmal suchte es sich einen älteren Herrn aus, der auf seine Medizin wartete. Doch sooft der Junge auch versuchte, mit ihm ins Gespräch zu kommen, der Mann reagierte nicht. Eine Frau erklärte ihm: »Der Opa ist schwerhörig. Da musst du ganz laut sprechen.« Camillo stellte sich nahe vor ihn und schrie, so kräftig er konnte: »Du bist schon alt und wirst bald sterben. Da kommst du zu Jesus. Der gibt dir neue Ohren.«

Die Apothekenkunden erstarrten vor Entsetzen! So deutlich, arglos und liebevoll zugleich kann das nur ein Kind sagen. Wehe, ein Erwachsener würde so etwas wagen!

Ich erinnere mich an einen Geburtstagsbesuch. Der Mann wurde 85 Jahre alt. Er klagte mir sein Leid. »Spazieren gehen kann ich nur noch dort, wo es flach ist, weil mir die Luft fehlt und meine Beine streiken; hören kann ich nur noch mit diesem blöden Gerät und sehen kann ich auch schlecht.«

Was wäre wohl passiert, wenn ich ihn in Anlehnung an das Vorbild meines Enkels getröstet hätte: »Ja, lieber Herr Reupert, das ist gewiss sehr beschwerlich. Aber bedenken Sie – mit 85 Jahren sind Sie dem Tod sehr nahe. Lange kann es nicht mehr dauern, dann dürfen Sie ins Reich Gottes kommen. Dort schenkt Ihnen Jesus zur Auferstehung einen neuen Leib, der wird schöner und stabiler sein als Ihr jetziger.«

Möglicherweise hätte mich seine resolute Schwiegertochter postwendend samt meinem Blumenstrauß an die frische Luft gesetzt. So etwas sagt man doch nicht!

Die Leute erschrecken ja schon, wenn ich mein eigenes Sterben erwähne, etwa im Zusammenhang mit einem Testament. Gleich heißt es: »Na, daran wollen wir nicht denken. Das hat Zeit, viel Zeit. Jetzt sollen Sie hier erst noch ein paar gute Jahre haben.« Als wenn ich die bei Gott nicht hätte!

Sterben und Auferstehen sind nach dem Sündenfall ganz einfach nötig, weil Gott nicht flickschustert, sondern Neues schafft : »Ich mache alles neu« (Offenbarung 21,5) – den Himmel, die Erde, die Menschen, die gesamte Schöpfung. Alles neu, vollkommen, schön und gut. Ein Narr ist, wer sich nicht darauf freut!

Hier müssen wir uns mit Bypässen, Zahnprothesen und künstlichen Hüftgelenken zufrieden geben und sind schon froh, wenn die Kassen uns wenigstens einen Teil davon bezahlen. Wer im Glauben an Jesus Christus stirbt, büßt nichts ein. Er empfängt. Traurig ist sein Tod für die Angehörigen – oft sogar sehr traurig, wenn der Tod zum Beispiel im frühen Alter eintritt. Das streitet auch die Bibel nicht ab. Jesus ist von den Tränen der Witwe so gerührt, dass er spontan ihren Sohn aus dem Sarg ins Leben zurückholt.

Den Gedanken an das Sterben ausklammern – so tun, als ob man endlos weiterleben könnte –, das ist dumm und schlimm zugleich. Dumm deshalb, weil ich den Tod damit nicht von mir fernhalten kann – und schlimm, weil er mich dann unvorbereitet trifft.

Mose betete in Psalm 90, Verse zwölf und vierzehn: »Herr Gott, lehre uns bedenken, dass wir sterben müssen, auf dass wir klug werden. Fülle uns frühe mit deiner Gnade, so wollen wir dich rühmen und fröhlich sein unser Leben lang.« Das sind keine Worte eines Lebensmüden, sondern eines Realisten, der die Erde und den Himmel zu schätzen weiß!

Darum konnte meine Mutter am 8. September 1993 morgens im Altersheim zu der Schwester sagen, die ihr beim Aufstehen, Waschen und Anziehen helfen wollte: »Heute wird nicht mehr aufgestanden, sondern gestorben. Rufen Sie bitte die anderen Schwestern und singen Sie mir das Lied: ›All Morgen ist ganz frisch und neu des Herren Gnad und große Treu; sie hat kein End den langen Tag, drauf jeder sich verlassen mag.‹« Kurze Zeit später war sie eingeschlafen. Sie konnte so sterben, weil sie es beizeiten bedacht hatte. Sie starb nicht ins Dunkel und Ungewisse hinein, sondern »ging heim« – ins Vaterhaus, zu Gott.

Ungläubigen ist nicht zu helfen, es sei denn, sie kehren zu Gott um. Dass aber auch wir Frommen mit dem Sterben solche Probleme haben, ist schlicht und ergreifend traurig! Was haben wir eigentlich von Ostern begriffen? Jesus sagt zu uns: »Ich bin die Auferstehung und das Leben. Wer an mich glaubt, der wird leben, auch wenn er stirbt; und wer da lebt und glaubt an mich, der wird nimmermehr sterben. Glaubst du das?« (Johannes 11,25.26)

Wir haben gute Aussichten. Gottes Kinder sind Kinder der Auferstehung (Lukas 20,38), aber nicht der Verwesung!

Was ist das oft bei Geburtstagen für ein Gejammer: »Ach, erinnert mich nur nicht an mein Alter! Da vergeht mir gleich alle Freude!« Unsere Zugehörigkeit zum Himmel und unsere Auferstehung hat Jesus mit seinem Blut erkauft. Wir aber lamentieren, als schleife uns der Tod zum Schafott.

Als Gottloser möchte ich allerdings nicht sterben. Niemand wird in den Himmel gezwungen. Wer Gottes Liebe lebenslang verachtet hat, muss auch in der Ewigkeit auf sie verzichten. Das klingt harmlos, ist aber die Hölle. Gemeint ist nicht die kohlenerhitzte Hölle des Kasperletheaters, in der die Gequälten der Großmutter des Teufels die Läuse aus dem Pelz zupfen müssen. Hölle ist nach biblischer Aussage der Ort ohne Gottes Gegenwart und das heißt: ohne einen Strahl seiner Liebe, Freude, Güte, Wahrheit, seines Friedens und seiner Treue. Da bleiben nur noch Hass, Zorn, Zank, Neid und Lüge übrig. Das ist keine Drohung, sondern die Wahrheit.

Gott möchte, dass jeder die Folgen seiner Entscheidung kenne. Die Musik dieser Hölle wird erzeugt durch das Zähneknirschen ihrer Bürger (Matthäus 8,12). Da kann ein Ungläubiger nur noch hoffen, dass die Bibel lüge. Mit dieser Hoffnung möchte ich aber nicht auf dem Sterbebett liegen!

# Der Jungbrunnen

Ich stelle mir vor, wie das wäre, wenn in Honolulu oder anderswo eine Quelle aufbräche, deren Wasser alte Menschen verjüngte – sagen wir mal, ein dreiminütiges Vollbad würde einen um jeweils ein Jahr verjüngen. Wer als 60-Jähriger hinfahren und zwei Stunden baden würde, käme mit dem Körper eines 20-Jährigen nach Hause. Organisch und geistig bliebe freilich alles beim Alten. Wer wollte schon Prozentrechnung und Rechtschreibung, Computerbedienung und Verkehrsregeln noch einmal lernen müssen! Doch die Hauptsache wäre, dass der Badende jung aussähe!

Plötzlich würden viele Leute nur noch von Honolulu träumen. Zwar können es die Elfjährigen schon nicht mehr erwarten, endlich den 18. Geburtstag zu feiern, doch kaum kommen sie der Dreißig nahe, fürchten sie sich vor dem Altwerden.

Es ginge lustig zu in Deutschland! Bei Familie Jedermann klingelt es. Vater Karl öffnet die Haustür. Ein schätzungsweise 19-jähriges Mädchen steht draußen. Er fragt erstaunt: »Was möchten Sie denn von uns?« Doch statt einer Antwort schiebt ihn die Besucherin energisch zur Seite. »Frag nicht so blöd! Ich bin deine Schwiegermutter.«

Obwohl es sehr teuer ist, würde – das unterstelle ich mal – eine enorme Reisewelle nach Honolulu einsetzen. Anfangs flögen die 60- bis 80-Jährigen; sehr bald hielten es die 30- bis 40-Jährigen schon für nötig, zu reisen,

und kurze Zeit später würden sich bereits die 20-Jährigen auf den Weg machen. Die Sterberate bliebe trotzdem wie gehabt – nur dass die Toten ohne Altersrunzeln im Sarg lägen.

Der Wunsch, jung auszusehen, wird ein Traum bleiben. Clevere Unternehmer haben das Dilemma für sich als Chance entdeckt. Sie überschwemmen den Markt mit angeblich jung erhaltenden Cremes, Salben, Sprays, Pomaden, Pillen, Mixturen und ziehen den wundergläubigen Kunden das Geld aus der Tasche.

Die Werbespots überschlagen sich mit ihren Versprechungen: »Ohne Falten im Gesicht auch mit neunzig noch jung sein« – »Jung bleiben ohne Ende« – »Jugendfrische und sinnliche Ausstrahlung durch unser wohlschmeckendes, aus reinem Pflanzensaft hergestelltes Lebenselixier« – und so weiter. Es darf schon etwas kosten, das vorgetäuschte Jungsein.

Auch die Schönheitschirurgen haben Hochkonjunktur: Gesichter liften, Fettpolster absaugen, Bierbäuche verschwinden lassen, Brüste vergrößern, verkleinern oder straffen.

Bezahlt wird, was jung macht. Blöd ist nur, dass der jährliche Geburtstag mit konstanter Bosheit daran erinnert, dass man trotz allem wieder ein Jahr älter geworden ist.

Gar nicht lustig finde ich das Ganze allerdings, wenn Christen ins gleiche Horn blasen. »Macht euch nicht die Maßstäbe der Welt zu eigen«, warnt die Bibel (Römer 12,2), denn das führt zu nichts Gutem.

Warum ist es eine Schande, wenn man uns das Alter ansieht? Wir finden doch bei Gott unabhängig von unseren Jahresringen höchste Wertschätzung. »Auch bis in euer Alter bin ich derselbe«, verspricht Gott in Jesaja 46,4. Und in Psalm 92,15 wird von den Gotteskindern gesagt: »Und wenn sie auch alt werden, werden sie dennoch blühen, fruchtbar und frisch sein.« Man muss es nur lesen und glauben.

Paulus erklärt uns in 2. Korinther 4,16: »Tatsache ist, dass sich unser äußerer Mensch verbraucht. Tatsache ist aber auch, dass der innere Mensch von Tag zu Tag erneuert wird.« Mit dem inneren Menschen meint er natürlich nicht Herz, Lunge, Leber und Magen, sondern unser mit dem Geist Gottes erfülltes Leben. Wer sich allerdings nicht mit dem Odem Gottes, sondern nur mit den schönen Dingen und Künsten dieser Welt oder gar mit Allotria und Heckmeck füllt, sieht jetzt wirklich alt aus.

Der Kapellmeister Gottlob Lachenmann textete und komponierte 1912 eine Liedstrophe, die zu meinen Lieblingsversen gehört:

*Wir haben einen Felsen, der unbeweglich steht.*
*Wir haben eine Wahrheit, die niemals untergeht.*
*Wir haben Wehr und Waffen in jedem Kampf und Streit.*
*Wir haben eine Wolke von Gottes Herrlichkeit.*

Als diese Strophe zwei Jahre später Frau Hedwig von Redern bekannt wurde, sang sie die nicht nur aus voller Kehle mit, sondern ergänzte sie aus der Fülle ihrer Glaubenserfahrungen:

*Wir haben eine Speise, der Welt hier unbekannt.*
*Wir haben einen Schatten im heißen Sonnenbrand.*
*Wir haben eine Quelle, die niemals je versiegt,*
*wir haben Kraft zum Tragen, die keiner Last*
*erliegt.*

*Wir haben hier die Fülle, seitdem der Heiland kam.*
*Wir haben dort ein Erbe, so reich und wundersam.*
*Wir haben Glück, das leuchtend und unbeschreib-*
*lich ist.*
*Wir haben alles, alles in dir, Herr Jesus Christ!*

»Wir haben« – ob einjährig oder 100-jährig, falls es einer bis dahin schafft. Ich kann nur jedem raten, diese Verse noch einmal zu lesen und sich zu überlegen, was man davon hat.

Doch jetzt kommt das Beste, das Allerbeste! Den Jungbrunnen gibt es tatsächlich – allerdings nicht den primitiven, von mir erdachten und von vielen ersehnten in Honolulu. Ich selbst wurde als siebenwöchiger Säugling in ihn hineingetaucht. In der Bibelsprache heißt das »getauft«.

»Na und?«, sagen die Leute. »Was nützt dir das, wenn du nun doch alt aussiehst?« Diesen Leuten sage ich: Schlagt nach bei Luther! Der hat für alle, die zu bequem sind, selbst in der Bibel zu suchen, die wichtigsten Aussagen zur Taufe in einem kernigen Satz zusammengefasst: »Sie wirkt Vergebung der Sünden, erlöst vom Tode und Teufel und gibt die ewige Seligkeit allen, die es glauben, wie die Worte und Verheißungen Gottes lauten.«

Vergebung der Sünden empfange ich jetzt schon täglich in meinem »Raupendasein«. Gott sei Dank dafür! Über kurz oder lang erlöst mich der Vater auch noch von Tod und Teufel und verwandelt mich Raupenmenschen in den Schmetterling, und das nicht nur für einen kurzen, sondern für den ewigen Sommer.

Wo bleibt der Andrang all derer zum Jungbrunnentaufbad, die hier viel Geld ausgeben, nur um ein paar Falten loszuwerden, die joggen und »fitnessen«, dass der Schweiß tropft, nur um auch in späteren Jahren noch eine gute Figur zu machen? Sicher haben sie davon gehört, dass in der Bibel etwas von Auferstehung und Ewigkeit zu lesen ist. Aber das verbuchen sie unter »Ulk«.

Und wo bleibt der Jubel derer, die getauft sind? Einmal fragte ich in eine volle Kirche hinein: »Welche Ereignisse eures Lebens sind für euch von besonderer Bedeutung?« Die Antworten kamen spontan: »Bestandene Prüfungen« – »Hochzeitstag« – »Geburtstag« – »Operationen« – »Geburt der Kinder« – »Urlaubserlebnisse« – doch keiner nannte die Taufe! So wenig war sie ihnen wert.

Kein Wunder, dass wir Christen oft genug genauso »alt aussehen« wie die, die nie mit Gott in Berührung gekommen sind. Ohne die Vorfreude aufs Ziel bleibt nur die Mühsal des Weges: Hochwasserschäden auf dem Grundstück, Diabetes, Kurzarbeit, weniger Geld in der Haushaltskasse, Streit in der Familie, Ärger bei der Arbeit und schließlich ist auch noch eine Herz-OP nötig.

Ich erinnere mich an ein Erlebnis, das viele Jahre zurückliegt. Im Harz begegneten wir an einem heißen

Sommertag einer wandernden Familie. Allen voran lief ein kleines Mädchen. Man sah, dass ihm der Weg Mühe bereitete. Doch es wusste sich zu helfen. In Erwartung einer Köstlichkeit, die es sich am Kiosk auf der Bergspitze kaufen würde, sang es leise vor sich hin: »Him-beer-was-ser – eins, zwei, drei – Him-beer-was-ser – eins, zwei, drei – Him-beer-was-ser – eins, zwei, drei ...« Auf diese Weise kam es trotz aller Strapazen ganz gut voran.

Zum Zeichen dafür, dass es die Erfrischung auch wirklich bekommen würde, zeigte es jedem, der ihm entgegenkam, sein Geldstück.

Der etwas ältere Bruder trottete dagegen missmutig und maulend hinter den Eltern her. »Blödes Wandern! Blöder Berg! Blöde Steine! Blöde Sonne!« Auf der Wiese neben dem Wanderweg weideten Kühe. »Blöde Kühe!« Dann riss an seiner Sandale zu allem Überfluss auch noch ein Riemchen. »Blöde Latschen!« Jetzt war seine Laune endgültig im Keller.

Die Kinder gehörten zur gleichen Familie, liefen auf dem gleichen – zugegebenermaßen beschwerlichen – Weg, in der gleichen Hitze und sie strebten dem gleichen Ziel entgegen. Doch genau das hatte der Junge im Unterschied zu dem Mädchen aus den Augen verloren. Darum fehlten ihm die Flügel der Vorfreude, die seiner Schwester über alle Hürden halfen.

Als wir die Familie schließlich am Kiosk wiedertrafen, saß der gestresste Junge gemütlich neben seiner Schwester im Gras und trank wie sie genüsslich ein Glas Himbeerwasser. Na also. Warum denn nicht gleich so?

»Him-beer-was-ser – eins, zwei, drei – Him-beer-was-ser – eins, zwei, drei.« – »E-wig se-lig – eins, zwei, drei – e-wig se-lig – eins, zwei, drei.«

# Imperator Rex

Ende Mai 1996 feierten wir den Gottesdienst zu meiner Verabschiedung in den Ruhestand. Die Kirche füllte sich mit der Gemeinde, der Posaunenchor blies – von Pauken unterstützt – Intraden und der Kirchenchor sang Lobpreislieder.

Aus Moritzburg war unser Vorsteher angereist und aus Flöha der Superintendent. Beide fanden gute Worte – nicht nur für mich, sondern auch für Sigrid, die mir stets zur Seite gestanden und viele Dienste mitgetragen oder mir abgenommen hatte.

Es ging nicht um ein Abschiednehmen von Menschen, denn wir würden im Ort wohnen bleiben. Es ging auch nicht um den Abschied vom Dienst, denn ich würde weiterhin Aufgaben übernehmen. Es ging um den Abschied von der Verantwortung für ein Pfarramt – und der fiel mir leicht.

»Pfarramt« heißt, jede Menge berufsfremde Arbeit mit erledigen zu müssen, in der Hauptsache Verwaltungsaufgaben. Die würde ich ab sofort für immer los sein! Mein Herz war mit Dankbarkeit erfüllt gegenüber Gott, der uns wunderbar durch alle Berufsjahre und Dienste begleitet hatte.

Doch plötzlich, mitten in alle Feierlichkeit hinein, musste ich lachen. Einen lautstarken Heiterkeitsausbruch konnte ich gerade noch verhindern. Was war passiert?

Der Superintendent verlas der Gemeinde meine Abschiedsurkunde des Landeskirchenamtes. Darin heißt es: »Herr Gerhard Fischer beendet nach 43 Berufsjahren am 31. Mai 1996 seinen Dienst. Die bisherige Amtsbezeichnung ›Pfarrer‹ ist von diesem Zeitpunkt an mit dem Zusatz ›i. R.‹ – ›im Ruhestand‹ – zu führen.«

Als ich diese beiden Buchstaben hörte, stieg die Erinnerung an lange Zurückliegendes in mir auf:

Nach dem Zweiten Weltkrieg stellte mich der Fabrikant Albert Seipt in seiner Firma als Hilfsarbeiter ein. Er hatte in weiser Voraussicht die altmodische Dampfmaschine, die sein Urgroßvater schon vor dem Ersten Weltkrieg hatte bauen lassen, bestens gepflegt und erhalten. Jetzt, nach dem Zusammenbruch, wo Elektrizität so knapp wie das Brot war, erwies sie sich als unentbehrlich und zuverlässig. Lederriemen übertrugen ihre Kraft von Etage zu Etage und von Arbeitssaal zu Arbeitssaal.

Wenn ich Holzabfälle in die Heizung bringen musste, stand ich oft vor diesem Technikwunder und beobachtete die Hubbewegungen der Kolben, die durch Stangen auf das im Durchmesser vier Meter große Schwungrad übertragen wurden. Zwei etwa 70 Zentimeter große schmiedeeiserne Buchstaben waren an dem Rad angebracht: I und R, die Initialen der Herstellerfirma Isidor Rothschild. Sie fuhren wie auf einem Riesenrad im Kreis mit, Runde für Runde, Tag und Nacht.

Jetzt – 47 Jahre später – bekamen das I und das R für mich einen ganz persönlichen Bezug: »im Ruhestand«. Ich sah mich neben den Initialen auf dem Rad sitzen und mit baumelnden Beinen meine Runden drehen. Dieses Vergnügen würde mir, dem »Pfarrer i. R.«, monatlich mit einer ausreichenden Rente bzw. Pension vergütet werden. Da musste ich lachen!

Der Begriff »Rente« bedeutet vom Wortursprung her, dass es sich um etwas »Zurückerstattetes« handelt. Solange ich jung war, zahlte ich einen Teil meines Verdienstes für den Lebensunterhalt der alten Generation. Jetzt lebe ich vom Fleiß und Schweiß der Jugend unserer Tage.

Leider funktioniert das System nicht mehr so gut wie früher. Um das Leben so richtig genießen zu können, verzichtete die Generation der Wohlstandsgesellschaft darauf, viele Kinder in die Welt zu setzen. Nun beschwert sich unser spärlicher Nachwuchs mit Recht über zu hohe Abzüge auf der Lohnabrechnung.

Ruhen bedeutet nicht, faul zu sein, aber als Ruheständler gehe ich die Arbeit im Unterschied zu früher mit Ruhe an. Das ist ein völlig neues Lebensgefühl. Das Wort »ruhen« wird im Herkunftswörterbuch des Dudens mit »nachlassen« erklärt. Es darf etwas weniger sein. Kein Rentner muss sich minderwertig oder unnütz fühlen, weil er nicht mehr die Leistung von früher erbringt.

Das sind fast schon paradiesische Zustände. Fast! Auf jeden Fall erhöht ein geruhsamer Lebensabend die Vorfreude auf den Himmel.

Übrigens schrieb Wilhelm II. die beiden Buchstaben I und R hinter seinen Namen. Sie stehen für *Imperator Rex* – also deutscher Kaiser und König von Preußen (1888–1918). Er war stets auf seine eigene Macht bedacht und endete schließlich enttäuscht und verbittert in der Verbannung.

Da kann ich nur in Anlehnung an Matthias Claudius fröhlich singen:

*Ich danke Gott und freue mich,*
*dass ich kein König worden;*
*das i und R ward mir verliehn*
*als flotter Rentnerorden.*

# In Schwung gebracht

Ich kehre noch einmal zur Firma Seipt zurück. Erst durfte ich dort als Hilfsarbeiter nur Bretter aus einer Fräse nehmen und stapeln. Dann aber führte mich der Chef an ein Ungetüm aus Stahl, eine von ihm neu gebaute Stanze. »Möchtest du hier selbstständig arbeiten?«

»Natürlich möchte ich das!«

»Dann zeige ich dir, wie es geht.«

Er nahm einen etwa zwei Meter langen Stock, an dessen Ende ein Zapfen befestigt war, schob diesen unter den Riemen, der bis dahin lose zwischen der Stanze und der Transmission gebaumelt hatte, und hob ihn geschickt auf das Wellenrad. Kaum war die Verbindung zur Dampfmaschine hergestellt, kam Bewegung in den Koloss. Seine scharfen Messer stanzten aus Birkenholzplatten in einer Minute ein Pfund Holznägel für russische Soldatenstiefelsohlen, das sind in einer Stunde 30 Kilogramm, an einem Arbeitstag 240 Kilogramm, in einem Monat etwa 50 Doppelzentner, also 5 Tonnen! Wir produzierten sie zwölf Jahre lang. Wie groß muss die russische Armee gewesen sein, dass sie so viele Stiefel brauchte! Na gut, unser Problem war es nicht. Wir verdienten mit den Nägeln kostbare Rubel, die uns in DDR-Mark umgetauscht wurden.

Beeindruckt hat mich immer, wie der träge im Saal herumstehende Stahlriese produktiv wurde, sobald ich ihn über den Riemen mit der Transmissionswelle und diese wiederum mit der Dampfmaschine verband. Dieses inzwischen als altmodisch verworfene Kraftwerk hat mir während meiner Zeit als Pfarrer mehrfach zum Gleichnis gedient.

Im Zirkus PROBST sprach mich einmal nach einem Mitternachtsgottesdienst im Zelt der Saxophonist des Orchesters an: »Ich habe selten etwas über Gott gehört. Einmal als Gast bei einer Hochzeit, das andere Mal bei einer Kindtaufe und heute hier. Du hast in der Predigt den Glauben mit einem Fallschirmabsprung verglichen. Das habe ich verstanden. Es gehört Mut dazu, aus dem Flugzeug zu hechten und sich dem Schirm im Rucksack anzuvertrauen in der Hoffnung, er werde sich zur rechten Zeit öffnen. So vertraut ihr Christen darauf, dass Gott halte, was er verspricht. Aber was kommt dann? Du baumelst an dem Schirm und wartest tatenlos auf die Landung. Ihr Frommen macht euch das Leben ganz schön einfach – zu einfach! Ihr hängt euch an den lieben Gott und hofft, auf diese bequeme Tour durch die Welt bis in den Himmel zu kommen. Zur Lebenstauglichkeit trägt das nicht bei.«

So denkt möglicherweise mancher über uns Christen. Die Leute haben keine Ahnung, wie abwechslungs- und ereignisreich ein Leben mit Gott ist. Von wegen Müßiggang!

Ich erzählte meinem Musiker von der Dampfmaschine und der Stanze. Ist die Verbindung zwischen beiden erst einmal hergestellt, geht's rund. Nimmt ein Mensch über den Treibriemen »Glauben« die Verbindung zu Gott auf, kommt Schwung in sein Leben. Ich weiß das aus eigener Erfahrung.

Von Geburt an war ich ein ganz schüchternes Kind, das noch nicht einmal seiner Mutter zum Geburtstag gratulieren konnte, weil es den Glückwunsch nicht ohne Tränen über die Lippen brachte. Als ich aber mit 17 Jahren Jesus in mein Leben einließ, änderte sich das von einem Tag zum anderen. Ich lud Gleichaltrige und Jüngere in den Kirchengemeindesaal ein und gründete mit ihnen die erste Junge Gemeinde unseres Ortes nach dem Krieg.

Und ich konnte reden! Ich hielt Bibelarbeiten, führte Diskussionen, organisierte Gemeinschaftswochenenden und war nicht mehr wiederzuerkennen. Gott hatte mich auf Trab gebracht.

So erging das 2000 Jahre vorher schon den Aposteln. Petrus und seine Kameraden verstanden sich aufs Fischefangen und Zollgelderkassieren, doch nicht aufs Missionieren. Nachdem sie ihr Leben aber aus der Hand gegeben und Jesus sie in alle Welt gesandt hatte, damit sie die gute Nachricht Gottes bekannt machten, erwiesen sie sich als geschickte Gemeindeleiter und Prediger. Gott ging mit ihnen los. Das ist das ganze Geheimnis ihrer geglückten Mission – bis heute.

Wer Gott nicht im Himmel lässt, sondern ihn bittet, in sein Leben zu kommen und das Heft in die Hand zu nehmen, wird von ihm flott gemacht. Darauf kann man sich verlassen!

Ich vermute, viele Leute ahnen das und fürchten sich davor. Sie lassen ihren Glauben ganz locker und unverbindlich um Gott herumbaumeln und degradieren den Allmächtigen zum Nothelfer für dringende Fälle.

Eine Mutter erzählte: »Als ich bei meinem Sohn entdeckte, dass er jeden Tag ein frisch gewaschenes Hemd anzog und sich die Nägel reinigte, wusste ich, dass ein Mädchen im Spiel war. Als er aber plötzlich sonntags nicht mehr bis um elf im Bett blieb, sondern schon um acht aufstand, um mit Freunden in die Kirche zu gehen, einmal monatlich im Altersheim einen freiwilligen Helferdienst leistete und sein Chef ihn wegen merklich gestiegenen Arbeitseifers lobte, da konnte ich mir das nicht erklären. Ich fragte ihn und er antwortete: ›Ach Mama, seitdem ich bete, ist das ganz einfach so!‹«

Wer den Glauben wagt und Gott bittet: »Zieh in meinem Herzen ein, lass es deine Wohnung sein«, der erlebt das Feuer des Heiligen Geistes nicht nur über seinem Kopf, sondern auch unter seinem Hintern! Luther würde hinzufügen: »Das ist gewisslich wahr!«

# Gut gekaut ist halb verdaut

Diesen schlauen Spruch konnte ich als Kind im Wartezimmer unseres Zahnarztes lesen. Doch was heißt »gut kauen«? Nach Meinung meines Lehrers bedeutete es »zwanzigmal links und zwanzigmal rechts«.

Ich aber kaue im Eiltempo, das heißt einseitig und höchstens fünfmal pro Bissen. Bei mir ist der Teller schon leer, wenn die anderen gerade erst angefangen haben zu essen. Sigrid mahnt mich (zu Recht) oft: »Iss langsam, Mann. Du hast Zeit!«

Ähnlich verfuhr ich mit der geistlichen Kost. Während meiner Berufsjahre begann ich den Tag mit der so genannten »Stillen Zeit«, für die ich ungefähr 20 Minuten einplante. Ich las die Losung, den Tagestext aus der Bibel, machte mir Notizen und betete. Manchmal verkürzte ich jedoch die Aktion. Es gab immer triftige Gründe dafür. Oft hatte ich eine halbe Stunde später die Losungsworte bereits wieder vergessen.

Gott segnet und sättigt ohne Zweifel auch eilige Bibelleser und Beter. Ich habe da meine Erfahrung. Nun aber überlässt er mir noch einige Ruhejahre. Da hört alle Eile auf. Seitdem zieht sich meine »Stille Zeit« durch den ganzen Tag. Wenn ich früh aufwache, habe ich kein gewichtiges Arbeitspensum vor mir. Ich sage erst einmal: »Guten Morgen, Jesus.« Dann sehe ich nach meiner Frau und freue mich, dass sie da ist. Sie lag vor einiger Zeit wochenlang im Krankenhaus. Nun ist sie aber wieder bei mir.

Ich habe Muße, vom Bett aus an die zu denken, die längst aufstehen mussten, um pünktlich mit dem Zug oder Auto zur Arbeit zu fahren – an die Schwester in der Arztpraxis, die mir heute Vormittag Blut abnehmen und meinen Urin kontrollieren wird, an die Angehörigen der Urlauber, die gestern Morgen in Ungarn mit dem Bus tödlich verunglückt sind. Für sie alle singt mein Herz das Kyrieeleison. Schließlich steige ich aus dem Bett und bin froh, dass das so einfach geht. Ich kenne auch andere Zeiten.

Vor dem Frühstück halten Sigrid und ich unsere Morgenandacht – egal wie lange. Nun ja, ganz egal ist es nicht, denn wenn mein Magen knurrt, fällt mir das Beten schwer.

Die Herrnhuter Losungen besorge ich mir seit einigen Jahren in Kartenform. Das hat den Vorteil, dass ich sie, wenn ich an meinem Schreibsekretär sitze, immer vor Augen habe.

Gehe ich fort – zum Beispiel spazieren, einkaufen, zum Friseur oder zum Zahnarzt –, stecke ich sie mir in die Hosentasche. Dann hole ich sie immer wieder heraus, lese und bedenke sie, freue mich an ihnen, spreche mit Gott über sie und gelegentlich auch mit Leuten, die meinen Weg kreuzen. Würde mich am Abend jemand nach der Tageslosung fragen, müsste ich ihm die Antwort nicht schuldig bleiben. Ich kaue die vitaminreiche Kost der Seele gründlicher als ein Schnitzel.

Es bleibt mir als Rentner viel mehr Zeit zum Gebet. Frühmorgens ziehe ich in meinem Zimmer als Erstes die Gardine zur Seite. Ich brauche den freien Blick nach draußen.

Dann sehe ich von meinem Stuhl aus, wie die Menschen am Fenster vorüberkommen: Wolfgang, der nach Chemnitz in sein Geschäft fährt, Marie, David, Yvonne und Antje, die zur Schule gehen, Andreas, der im Landratsamt arbeitet, das in düsteres Schwarz gekleidete Mädchen, dessen Namen ich nicht kenne, Sylke, die zur ABM radelt, das Ehepaar mit der behinderten Tochter im Rollstuhl und Christfried, der als freier Mitarbeiter bei der Zeitung arbeitet. Ich stelle sie alle unter Gottes Segen.

Auch die Gottesdienste erlebe ich aus einer ganz anderen Perspektive als früher, wo ich sie selbst hielt. Freude machten sie mir schon immer. »Jeder Gottesdienst ein Fest« war und ist meine Devise. Doch jetzt genieße ich sie frei und unbekümmert wie ein Nutellabrot. Ich muss nicht darauf achten, bei der Liturgie den richtigen Ton zu finden, bei den Abkündigungen die Namen der Verstorbenen korrekt auszusprechen oder beim Ersteigen der Altarstufen wegen der Stolpergefahr den Talar etwas in die Höhe zu raffen.

Es tröstet mich ungemein, wenn sich der amtierende Geistliche mal verspricht, wenn ein Predigtbeispiel hinkt, die Predigt zu lang gerät und im Fürbittengebet wichtige Anliegen vergessen werden. Dann erinnere ich mich an meine Zeit. Vieles ist mir danebengegangen. Gott hat meine zahlreichen Mängel ausgeglichen und in Hülle und Fülle Gutes geschenkt. Das tut er gewiss auch bei den Schwestern und Brüdern, die in ihrem Dienst ebenso unvollkommen sind wie ich.

Der Amtsbruder Schäfer fragt an: »Könnten Sie bei mir in 14 Tagen den Gottesdienst übernehmen?« Ich antworte: »Ja, ich kann.« Und jetzt kann ich das auf eine Art gestalten, nach der ich mich jahrzehntelang gesehnt habe: Ich bereite mich in Ruhe vor. Ich bete, sinne tagelang über den Text nach, lese Kommentare, suche ein Thema, schreibe eine Gliederung, umgebe dieses Gerippe mit Fleisch – was heute nicht fertig wird, ist morgen dran. Herrlich! Schließlich komme ich ausgeruht in die Kirche, feiere mit der Gemeinde den Gottesdienst, habe anschließend Zeit zu Gesprächen und freue mich, die »Tabelle II« (ein umfangreiches Statistikpapier) nicht ausfüllen zu müssen.

Jeder Rentner findet solche Möglichkeiten, mit Muße Dinge zu tun, für die ihm bisher keine Zeit blieb. Ich bin da schon ganz pfiffigen Leuten begegnet: Eine Frau lernte im Alter das Klöppeln, ein Mann erfüllte sich mit 68 Jahren den Traum seiner Kindheit und baute eine Eisenbahnanlage in das selten genutzte Gästezimmer. Ich kenne einen Rentner, der nahm sich zwei Jahre Zeit, um die Bibel Satz für Satz mit den am Rand gedruckten Erklärungen zu lesen und zu bedenken.

Rentner werden »fetzt« schon sehr, Rentner sein »fetzt« noch viel mehr!

# Ohne mich läuft hier ... alles

Wie gesagt, am 31. Mai 1996 endete mein Pfarrerjob. So bald wie möglich zogen wir aus der Dienstwohnung in eine kleine, aber feine Ruhestandswohnung. Ich war gespannt, wie es in der Kirchengemeinde ohne mich weitergehen würde. Für die Übergangszeit bis zur Neubesetzung der Pfarrstelle hatte ich den Kirchenältesten meine Mithilfe zugesagt: Einmal im Monat wollte ich einen Sonntagsgottesdienst halten, mehr nicht.

Zunächst versuchten sie, mit mir zu handeln: »Sie wohnen hier im Ort. Sie haben Zeit. Da könnten Sie doch den Seniorenkreis weiterhin betreuen.« Ich antwortete: »Und warum nicht auch gleich noch den Mütterkreis und die Junge Gemeinde und den Bibelgesprächskreis und die Konfirmanden ...? Natürlich könnte ich das tun. Aber ich mache es nicht! Ich genieße als Rentner die Früchte, die Gott auf unserem Gemeindeacker hat wachsen lassen. Ich will mich jetzt einfach nur freuen.«

»Der Fischer ist stur!«, das war meinen »Schäfchen« nicht neu. Schließlich kannten sie mich seit über zwei Jahrzehnten und hatten ihre Erfahrungen mit mir gemacht. Also fügten sie sich, seufzten und zeigten noch mehr Einsatzwillen als vorher. Plötzlich waren so viele zur Mitarbeit bereit, wie ich nie zu hoffen gewagt hätte. Rentnerglück pur!

Am ersten Dienstag im Juni besuchte ich mit meiner

Frau den Seniorenkreis. Wir setzten uns unter das Volk und genossen das gelungene Laienprogramm. Rentnerglück pur!

Einen Gottesdienst im Monat übernahm der Kirchenchor, einen der Posaunenchor und einen die Junge Gemeinde. Lieder, Gebete, Predigt – alles, was zu einem Gottesdienst gehört, bereiteten sie selbstständig vor, fragten mich dies und das und ließen viele zum Zug und zu Wort kommen.

Nur eins blieb leider auf der Strecke: die wöchentliche Feier des Abendmahls. Ich bin mir sicher, dass sich Jesus auch dann mit Brot und Wein verbindet, wenn ein »Laiengotteskind« die Einsetzungsworte über den Gaben spricht. Doch ich konnte niemanden bewegen, diese Aufgabe zu übernehmen. Der Grund dafür lag weniger im Gehorsam gegenüber der kirchlichen Obrigkeit als vielmehr in der Scheu vor der Heiligkeit des Sakraments. Also sprang ich Sonntag für Sonntag ein.

Eine Bankkauffrau begrüßte die Gemeinde und führte sie durch die Liturgie. Die Predigt wurde einmal von einer Verkäuferin, mal von einer Zahnärztin, mal von einem Werkzeugmacher und ein anderes Mal von einer Kosmetikerin gehalten. Zwei oder drei Schüler beteten und der alte Pfarrer spendete das Abendmahl. So hatte ich mir das schon lange gewünscht. Rentnerglück pur!

Ich passte mich auch äußerlich dem amtierenden Team an, das in modernen, farbenfrohen Hosen, Röcken, Blusen und Hemden seinen Dienst versah, und ließ meine schwarze Robe daheim im Schrank hängen. Den Talar habe ich von jeher als eine Zumutung empfunden. In Schwarz gehüllt die »Frohe Botschaft« zu predigen ist ein schwieriges Unternehmen. Durch eine veränderte Kleiderordnung sollte es den evangelischen Geistlichen leichter gemacht werden. Erste zaghafte Schritte in diese Richtung werden ja bereits gegangen.

Für mich hat Gott höchstpersönlich eine gute Lösung gefunden. Er nahm mir einen Teil meiner Gesundheit, sodass ich während des Gottesdienstes mehrmals ein gewisses Örtchen aufsuchen muss. Je weniger Stoff man da um sich hat, desto besser! Also freue ich mich über diese »Schwäche« und halte die Gottesdienste »in Zivil«. Bisher hatte ich nie den Eindruck, dass der Heilige Geist vor mir zurückschreckte. Die Gemeinde übrigens auch nicht. Rentnerglück pur!

Nach einem Jahr wurde die Pfarrstelle mit einer Pastorin neu besetzt. Es gelang ihr, die ehrenamtlichen Mitarbeiter bei der Stange zu halten. Das war schon deshalb gut und nötig, weil inzwischen die »Strukturmaßnahmen« der Landeskirche griffen und die Falkenauer Pastorin für die umliegenden Orte mit zuständig war.

Die neue Pfarrerin hatte ihren Dienst gerade begonnen, da klingelte es an meiner Tür. »Herr Fischer, unsere Mutter ist gestorben. Die Beerdigung halten Sie doch auf jeden Fall!«

Ich entgegnete: »Sie wollten sagen: ›auf keinen Fall‹. Gehen Sie ins Pfarrhaus und sprechen Sie mit der Pastorin. Die wird Ihre Mutter beerdigen und Sie werden sehr zufrieden sein.«

»Aber Sie haben unsere Mutter doch schon so lange gekannt und in ihrer Krankheitszeit mehrmals besucht.«

»Freilich habe ich das. Und nun hat die Pastorin mich abgelöst und das ist gut so.«

Eines Tages klingelte es wieder. »Herr Fischer, im September will unsere Tochter heiraten. Gunda ist zu Ihnen in die Konfirmandenstunde gegangen. Sie wünscht sich die Trauung von Ihnen. Das dürfen Sie ihr nicht abschlagen.«

»Nett von Gunda, aber falsch. Gott hat die Pastorin hierher gebracht. Sie ist jetzt dran. Ich werde für das junge Paar beten. Grüßen Sie Gunda herzlich von mir.«

So ging das etliche Male, bis es sich herumgesprochen hatte, dass der Fischer auch als Rentner seinen Dickschädel behalten habe. Rentnerglück pur!

Mit meiner Nachfolgerin im Amt vereinbarte ich zu Beginn: »Wenn Sie mich zur Vertretung brauchen, bin ich gern bereit, Ihnen Gottesdienste, Bibelstunden oder auch mal eine Konfirmandenstunde abzunehmen – aber niemals eine Taufe, Trauung oder Beerdigung. Dafür suchen Sie sich besser einen Kollegen aus der Nachbarschaft. Die Leute würden nie kapieren, warum ich die Hulda beerdige und ihren Josef nicht.«

So halten wir das nun schon sieben Jahre lang und kommen damit bestens zurecht. Rentnerglück pur!

Als aufmerksamer Rentner darf man so viel miterleben, da löst eine Freude die andere ab! Ich kann hier nur ein paar Beispiele aufzählen:

Ein Mutter-Kind-Kreis wird ins Dasein gerufen. Es kommen Mütter, die ich seit ihrer Konfirmation nie wieder in der Kirche gesehen habe, und bringen ihre Kinder mit.

Nach dem Tod des langjährigen Posaunenchorleiters

traut sich ein junger Bläser, den Chor weiterzuführen, und es gelingt ihm wunderbar. Seine Frau entlastet den langsam in die Jahre kommenden Kantor und überführt die »Kurrende«, den Knabenchor, in die »Regenbogenkindergruppe«. Ein sehr gelungenes Projekt.

Aus allen Altersgruppen finden neue Leute zur Gemeinde und füllen frei gewordene Plätze.

Ein Team von 40 Mitarbeitern bereitet ein Jahr lang intensiv die »ProChrist«-Woche vor.

All diese Veränderungen begleite ich im Gebet mit Loben, Danken und Bitten. Rentnerglück pur!

Gibt es für den am Ort gebliebenen Ruhestandspfarrer wirklich immer nur Erfreuliches zu erleben oder runzelt er nicht doch auch manchmal die Stirn? Aber ja! Wenn die Pastorin zum Beispiel in einem Gottesdienst der Gemeinde gleich zwei unbekannte Melodien zumutet, sodass einzelne Frauen und Männer ärgerlich ihr Gesangbuch zuklappen, dann seufzt meine Seele. Doch ich komme gar nicht dazu, mich richtig aufzuregen, weil mir sofort einfällt, was ich in meinen eigenen Dienstjahren verkehrt gemacht habe, beispielsweise dass die Predigten häufig viel zu lang gerieten!

Diese Erinnerungen klären auf der Stelle alles. So einfach ist das. Rentnerglück pur!

Und die Moral von der Geschicht? Ein Pfarrer sollte als Ruheständler nur dann am Ort bleiben, wenn er davon überzeugt ist, dass durch Gottes Güte und Kraft auch andere etwas zu leisten imstande seien, wenn er sein eigenes Versagen nicht vergessen hat und wenn er sich erst zwölfmal freut, bevor er sich einmal aufregt. Dann winkt auch ihm solches Rentnerglück pur!

# SKIP-BO

»Skip-Bo« klingt chinesisch oder gar außerirdisch. Bei uns kommt es wöchentlich mehrfach auf den Tisch, ein Zeichen dafür, dass wir es sehr mögen. Jetzt fragt jemand, wie es gekocht, gebraten oder gebacken werde? Weder noch. Es wird gespielt, und weil die Spielkarten mit großen Zahlen bedruckt sind, können wir es ohne Brille spielen. Das ist doppelt erholsam.

»Skip-Bo« liegt mit ungefähr 50 weiteren Spielen in unserem Wohnzimmerschrank. Wenn wir noch lange leben, müssen wir ihn vergrößern, weil ständig neue Spiele dazukommen.

Wir haben schon immer gern gespielt – als Verliebte, Verlobte und Verheiratete, kinderlos und kinderreich, mit Schwiegerkindern und Enkelkindern, auf der Wiese, am Ostseestrand und jetzt als leicht beschädigte Rentner vom Lehnsessel aus. Spiele zu machen finden wir alten Leute so fetzig wie Junge einen Besuch im Vergnügungspark. Dort passen wir Alten nicht mehr hin. Mich würden sie als toten Mann vom Platz tragen.

Wenn ich jedoch in unserer gemütlichen Stube bei freiem Eintritt mit meiner Frau begeistert »Räuber-Rommé« spiele, kribbelt es in meinem Bauch genauso wie beim Achterbahnfahren, aber eben altersverträglich. Bei manchen Spielen fühlt man sich auch wie in der Geisterbahn. Wenn dein Gegenüber jetzt eine Vier würfelt, bist du draußen! Du hältst die Luft an. Er würfelt … eine Zwei! Du atmest auf. Das Gespenst ist vorüber.

Auch das Riesenradgefühl gibt es beim Spielen. Du hast einen großen Punktevorsprung und kannst gelassen von oben auf deine Mitspieler hinunterschauen. Fühlst du dich nach zwei Spielstunden wie durchgedreht – kein Problem. Das Bett steht nebenan.

Die »Heimspiele« in gemütlicher Runde sind für uns Rentner ein wunderbarer Ersatz für alle europäischen und außereuropäischen Vergnügungsparks. Ich kann das nur weiterempfehlen!

Unser zweiter Renner nach »Skip-Bo« heißt »Triomino«. Leider nimmt dieses Spiel für mich jedes Mal einen tragischen Ausgang: Immer muss ich am Ende die vielen Steine ordentlich in die Schachtel einsortieren – wenn ich verloren habe, zur Strafe, wenn ich gewonnen habe, als Belohnung. Einmal beklagte ich mich bei unserer Tochter Angelika darüber. Die lachte und meinte: »Das hat unsere Mutter schon immer gut beherrscht. Wenn ich ein Stück auf dem Klavier noch nicht so gut konnte, musste ich es wiederholen, damit es besser würde. War sie aber mit mir zufrieden, musste ich es wiederholen, weil es so schön klang.«

Endabrechnungen haben bei meiner Frau immer ihr eigenes Muster. Nehmen wir an, wir spielen »Skip-Bo«. In der ersten Runde verliere ich mit 85 Minuspunkten. In der zweiten Runde verliert Sigrid mit 35 Minuspunkten. In der dritten Runde verliert Siegrid mit 40 Minuspunkten.

Für sie heißt das Endergebnis: Sigrid hat zehn Minuspunkte weniger als Gerhard und darum gewonnen.

Für mich heißt das Endergebnis: Sigrid hat ein Spiel gewonnen, Gerhard zwei. Also ist er der Gewinner.

Ohne den »Streit« um den Endsieg ist für uns das Spiel gar kein richtiges Spiel. Außerdem gehört es zu Sigrids Abrechnungsritual, dem Verlierer einen »Rattenschwanz mit Schleifchen« unter sein Ergebnis zu malen. Trifft mich diese Demütigung, dann reagiere ich mit lautem Wehgeschrei, was besonders wirkungsvoll ist, wenn Kinder dabei sind.

Einmal hatten wir uns für 14 Tage in einer Ferienwohnung im Thermalbad Wiesenbad eingemietet. Wenn wir nicht schwimmen gingen, liefen wir entweder durch die Wälder (damals konnten wir das noch) oder wir spielten – natürlich – »Triomino«. Am Montag gewann ich jedes Spiel. Am Dienstag gewann ich jedes Spiel. Am Mittwoch gewann ich jedes Spiel. Am Donnerstag gewann ich jedes Spiel. Am Freitag kauften wir den Proviant für die kommende Woche, unter anderem eine süße Nusscreme. Nutella war uns zu teuer, daher entschieden wir uns für ein billigeres Produkt. Als wir schließlich davon kosteten, verzogen wir beide das Gesicht. Die Creme erinnerte stark an mit Sacharin gezuckerten frischen Kuhfladen!

In Siegerpose grinste ich meine Frau schadenfroh an und entschied: »Wer die nächsten Spiele verliert, muss das Zeug essen.« Von Stund an war meine Gewinnsträhne beendet und ich das Opfer meiner eigenen Bosheit.

Ab und zu laden wir uns auch Mitspieler ein. Wir beginnen mit einer Mahlzeit, die keine Mühe macht. Da gibt es zum Beispiel Münchner Weißwürste mit Brezeln und dann wird gespielt, was das Zeug hält.

Auch Sigrids Flötenkinder freuen sich, wenn nach der Stunde Unterricht »Die kleinen Fische«, »Ruck

Zuck« oder »Die heiße Schlacht am kalten Büfett« auf den Tisch kommt.

Die Enkel wissen inzwischen, mit welchem Spiel sie den Großvater aus der Fassung bringen können: mit »Mad«. Bei diesem Spiel läuft alles verkehrt: Es darf nur mit der linken Hand gewürfelt werden, man muss sein Kapital so schnell wie möglich verlieren und für gute Taten wird man mit Geldgewinnen hart bestraft. Man muss bellen, krähen, um den Tisch rennen, sich auf dem Fußboden wälzen, und wenn das nicht von allen Mitspielern für sehr gut befunden wird, überweist einem die Staatskasse eine Million Dollar. Wer zuerst pleite ist, hat gesiegt. Das habe ich nie geschafft.

Als ich noch im Dienst war, besuchte ich gelegentlich ein altes Ehepaar in einem Bauerngut, Max und Milda. Die beiden würfelten für ihr Leben gern »Lange Straße«. Max vermerkte auf dem Blatt das Datum und richtete für seine Frau und sich Spalten zum Notieren der Würfelergebnisse ein.

Manchmal gab es aber auch vier Spalten. Ihre beiden Söhne spielten in Abwesenheit mit. Max würfelte für Heinrich und Milda für Konrad. Wer gewann, wurde gefeiert und bekam einen Preis. Max genoss ihn, wenn er oder Sohn Heinrich gewann, Milda freute sich, wenn sie oder Sohn Konrad gewann.

Nun denkt vielleicht jemand: »Du liebe Zeit. Was müssen das für einfältige Leute gewesen sein!« Genau: Einfältig! Nicht zerknittert wie die meisten Deutschen heutzutage, dafür aber treuherzig, aufrichtig, einfach und von Herzen fromm. Klagen hörte ich nie aus ihrem Mund, obwohl sie genügend Gründe dafür gehabt hätten.

Als Milda starb, spielte Max allein weiter. Milda stand immer als Erste auf dem Blatt. Gewann sie, nahm er sich, was ihr zustand, und sagte: »Na, Milda, du bist inzwischen an der himmlischen Tafel Besseres zu essen gewohnt. Also werde ich deinen Preis lutschen.«

Sigrid und ich halten es wie Max und Milda mit Matthias Claudius, das bekommt uns wunderbar und wir empfehlen es wärmstens zur Nachahmung:

*Gott, lass uns dein Heil schauen,*
*auf nichts Vergänglichs trauen,*
*nicht Eitelkeit uns freun!*
*Lass uns einfältig werden*
*und vor dir hier auf Erden*
*wie Kinder fromm und fröhlich sein!*

# In Butter gebraten

Wir Diakone – inzwischen auch Diakoninnen – treffen uns einmal im Jahr zum »Gemeinschaftstag« in Moritzburg. Ein paar Hundert Leute kommen da zusammen. Weil nicht jeder jedes Jahr an dem Treffen teilnehmen kann, passiert es, dass man den einen oder anderen über Jahre hinweg nicht sieht. Umso größer ist die Freude, wenn's dann wieder einmal klappt. So war das auch im Jahr 2003. Da klopfte mir einer auf die Schulter: »Hallo, alt gewordener Junge, wie schmeckt dir dein Leben?«

An der Stimme erkannte ich Hans. Ich drehte mich um und wollte schon sagen: »Als Rentner noch besser denn je«, da erinnerte ich mich plötzlich an ein Plakat an der Tür unseres heimatlichen Kolonialwarenladens. Darauf war ein Tiegel zu sehen gewesen, in dem ein Spiegelei brutzelte. Darunter die Worte: »Am besten schmeckt's in Butter gebraten.« Und genau das gab ich Hans zur Antwort. Erst sah er mich verblüfft an, dann lachte er. »Ich schließe daraus, dass du im Fett schwimmst und es dir gut geht.«

»Du hast Recht.«

Mir schmeckt mein Leben auch im Alter noch, weil es von Geburt an »in Butter gebraten« wurde. Das klingt jetzt vielleicht missverständlich. Ich möchte nicht, dass demnächst auf der Titelseite der BILD-Zeitung zu lesen ist: »Kannibalische Mutter briet Anfang der Dreißigerjahre des vorigen Jahrhunderts ihren neugeborenen Säugling wie ein Spiegelei im Tiegel.« Darum möchte ich die Sache etwas erklären:

Es war ein Mittwoch, der 13. Mai 1931. So angenehm es mir im Bauch meiner Mutter auch war, jetzt wollte ich raus. Ich fühlte mich groß und kräftig genug, um mit der Welt fertig zu werden und das Leben zu meistern. Als rücksichtsvoller Mensch gönnte ich meiner Mutter erst noch eine ruhige Nacht. Doch am Morgen trat ich kraftvoll gegen die Wand, riss sie auf und rutschte mir nichts, dir nichts in sitzender Stellung – vom Fachmann »Steißlage« genannt – nach draußen.

In der Eile hatte ich mich jedoch in einer herumhängenden Schnur verwickelt und beinahe stranguliert. Aber ein dicker Mann, den alle »Herr Doktor« nannten, befreite mich daraus und strafte mich auf der Stelle mit einem Handschlag auf mein noch zartes Hinterteil. Da wusste ich gleich, wie das auf der Welt läuft. Ich brüllte laut und anhaltend. Als ich jedoch merkte, dass sich keiner daran störte, ganz im Gegenteil, ließ ich es sein. Angenehm war es, von allen Anwesenden bewundert zu werden. Mein Vater hüpfte von einem Bein auf das andere und nannte mich fortwährend seinen »Stammhalter«, was mir überhaupt nicht gefiel. Ich hielt das für einen blöden Namen.

Allerdings wurde seine Freude etwas getrübt. Ein großer Leberfleck zierte meine rechte Wange. Der Vater jammerte: »Armer Junge! So ein Schönheitsfehler! Lässt der sich operativ entfernen?« Das fragte er wohl den Doktor. Doch der war mit meiner Mutter beschäftigt und hatte kein Ohr für die Probleme meines Vaters. Als er sich schließlich mir zuwenden konnte, feuchtete er seinen Zeigefinger mit Spucke an und wischte damit den Fleck einfach weg. »Siehste, Arndt, Sch… war's.«

Nun erst konnte sich mein Vater richtig freuen. Er hat es mir später wieder und wieder erzählt. Glücklich rannte er die paar Meter zum Pfarrhaus unseres guten Pastors Schulze und rief: »Unser Junge ist geboren und er heißt Gerhard.«

Der Pastor antwortete: »Halleluja! Dem Herrn sei Lob und Dank! In Gottes Namen, amen!«

»In Gottes Namen« – das heißt so viel wie:

*Ausgang und Eingang,*
*Anfang und Ende*
*liegen bei dir, Herr,*
*füll du uns die Hände.*

Das lässt sich singen. Es steht im Evangelischen Gesangbuch unter der Nummer 175 und stammt von Joachim Schwarz. Es lässt sich aber vor allem erleben.

»In Gottes Namen«: Pfarrer, Paten und Eltern baten Gott, dass er mich führe und bewahre, dass er mich erfülle und trage und dass er mich ans Ziel bringe. Genau dies hat Gott getan.

Sechs Wochen nach meiner Geburt, am 28. Juni, wurde bei meiner Taufe diese Grundsatzerklärung vor Gott wiederholt und von ihm bestätigt mit Wasser und »dem Wort Gottes, das mit und bei dem Wasser ist, und dem Glauben, der solchem Worte Gottes im Wasser traut«.

Nun mag mancher denken: »Wenn ihm sein Leben

so gut schmeckt wie ein in Butter gebratenes Spiegelei, dann hatte er wahrscheinlich ganz einfach Glück. Gesundheit, Arbeit und Geld waren reichlich vorhanden. Von Unfällen und Schicksalsschlägen blieb er verschont. Da hat er gut lachen.«

Ganz so war es nicht. Wenn meine Mutter im Altersheim von Mitbewohnern nach ihrem Leben gefragt wurde, antwortete sie als Fleischerstochter: »Es war gut durchwachsen.« Das heißt so viel wie: »Mager und Fett – Leid und Freude – waren dicht beieinander.«

Das trifft gewiss auf die meisten Menschen zu. Wo liegt da der Unterschied zwischen einem Leben »in Gott« und einem Leben »fern von Gott«? Oh, dieser Unterschied ist unermesslich groß!

Ich beginne mit den fettreichen und angenehmen Zeiten: Bis zu meinem 13. Lebensjahr war eigentlich alles »in Butter«. Unsere Familie hatte keine Probleme. Mein Vater liebte meine Mutter und umgekehrt war es genauso. Wir erlebten herrliche Ferien in Koserow an der Ostsee. Ich durfte mir dort jeden Tag am Strand für einen Groschen eine süße Nussstange kaufen. Damit war mein Glück vollkommen.

Wenn ich jetzt alle meine guten Tage aufzählen wollte, würde aus diesem Buch eine Bibliothek. Meine Ausbildung in Moritzburg zum Diakon, Sigrid, die Kinder und der Beruf – das alles ist eine Fundgrube. Da ich aber schon etliches davon geschrieben habe und garantiert noch manches ergänzen werde, lasse ich es an dieser Stelle dabei bewenden.

Für mich ist die Hauptsache, dass ich all das Schöne und Gute nicht für selbstverständlich halte, sondern es

»in Gottes Namen« empfange. Ich freue mich daran, bedanke mich bei Gott und »vergesse nicht, was er mir Gutes getan hat« (Psalm 103,2). Das heißt: »In Gottes Namen« erlebe ich alles Erfreuliche doppelt und dreifach, es bleibt unvergessen bis ins Alter hinein.

Bevor ich von meinen mageren und schwierigen Zeiten schreibe, möchte ich die Geschichte eines kleinen Mädchens erzählen: Susi gewann an einer Losbude ein buntes Trinkglas. Sie war stolz und freute sich sehr darüber. Das Glas musste zu jeder Mahlzeit neben ihrem Teller stehen. Leider dauerte ihr Glück nur kurze Zeit. Das Glas fiel zu Boden und zerbrach.

Susis Tränen flossen. Doch der Vater wusste Rat. Er kehrte die Scherben zusammen, zerstampfte sie zu kleinen Splittern und füllte sie in ein selbst gebasteltes Kaleidoskop. Als er seine Tochter zum ersten Mal hineinschauen ließ, war sie so entzückt über die bunten Muster, die sie zu sehen bekam und die sich immer wieder veränderten, dass sie allen Kummer vergaß. Susi sprang auf den Schoß ihres Vaters, schlang ihre Arme um seinen Hals und rief: »Danke, liebster Papa. Was du daraus gemacht hast, ist noch viel schöner als das Trinkglas.«

Und jetzt ist meine eigene Geschichte an der Reihe: Mit 14 Jahren warf mich das Ende des Großdeutschen Reiches am 8. Mai 1945 für Jahre völlig aus der Bahn. Ich hatte Förster werden wollen. Daraus wurde nun nichts. Schulverweis, Arbeitslosigkeit und eine lebensgefährliche Halsdrüsenvereiterung waren schlimme Erfahrungen für mich. Mir war mehr als ein buntes Trinkglas zerbrochen.

Ich versuchte mein Glück auf dem Arbeitsamt. Doch die Genossen dort schnauzten mich an: »Du kannst mit deinem Nazi-Vater auf der Müllkippe der Geschichte verrotten!« Was ich auch unternahm, es wurde nichts daraus. Mein junges Leben glich einem Trümmerhaufen.

Auch Gott war mir aus dem Blick geraten. Ich glaubte gar nichts mehr.

Doch er blieb mir nahe. Er führte mir Menschen zu, die geduldig und hartnäckig auf mich einwirkten. Ich lernte durch sie, dass jedes Leben »in Gottes Namen« eine Perspektive habe.

Am Ende dieses langen Prozesses – der nur deshalb so lange dauerte, weil ich so stur war – war ich zu Gott zurückgekehrt und hatte einen Beruf gefunden, der mir noch heute Freude macht. Aus Trümmersteinen baute Gott für mich ein neues, stabiles Fundament.

Es gab viele solche Störfälle. Die meisten hatte ich selbst verschuldet. Doch sie alle mussten mir »in Gottes Namen« zu meinem Besten dienen, so wie wir es in Römer 8 lesen. Was Gott in seine Hände nimmt, wird gut. Das ist ganz einfach so! Wie Susi springe ich noch als alter Mann auf den Schoß meines Gottes, umarme ihn und juble: »Danke, lieber Vater, danke! Das hast du wieder wunderbar für mich geklärt.«

Meine Frau Sigrid musste viel Schlimmeres aushalten als ich. Sie war erst elf Jahre alt, als sie am 13. Februar 1945 den furchtbaren Bombenangriff auf Dresden miterlebte. Ihre Mutter und ihre Schwestern kamen um, sie floh durch die brennende Stadt und hatte in den nächsten Jahren kein Zuhause. Sie machte mit Gott die gleiche Erfahrung wie ich, hat aber ein charmanteres Bild für ihr Leben »in Gottes Namen«. Es ist geprägt von ihrer Liebe zum Wasser: »Von allen Seiten umgibst du mich und hältst deine Hand über mir« (Psalm 139,5).

Was Gott uns beiden schenkt, das schenkt er allen seinen Kindern. Ausnahmslos jedes Leben schmeckt am besten »in Butter gebraten« – oder genauer gesagt: »in Gottes Namen«. Amen.

# Da staunt der Laie

Ich erinnere mich an einen Mann, den ich an seinem 70. Geburtstag besuchte. Er hatte den Zweiten Weltkrieg von Beginn an als Soldat der Wehrmacht miterlebt, war 1945 in russische Gefangenschaft geraten und erst vier Jahre später heimgekehrt.

Als Gruß der Kirchengemeinde brachte ich ihm eine Spruchkarte mit einem Vers aus Psalm 129: »Der Segen des Herrn sei über euch.« Er las den Spruch, wartete ab, was ich ihm noch zu sagen hatte, und dann legte er los: »Vom Segen Gottes habe ich die Nase voll! Unter Gottes Segen hat uns Adolf Hitler in diesen grauenvollen Krieg geschickt. ›Gott mit uns‹, stand auf den Koppelschlössern. Und dann schlachtete er Millionen von Soldaten und Zivilisten ab. Unzählige Krüppel, Ausgebombte und Vertriebene leiden noch heute darunter. Ich bin krank und zerschlagen aus dem Krieg zurückgekommen. Mein ganzes Leben lang habe ich unter den Folgen dieser Hölle gelitten. Mir reicht's. Ich kann auf diesen Segen verzichten!«

Diesen alten Mann konnte ich so gut verstehen! Ich höre noch, wie mein Geschichtslehrer, der mit Gott absolut nichts zu tun haben wollte, uns mit höhnischem Unterton von den Schandtaten der mittelalterlichen Christen erzählte: Als »heilige Krieger« zogen sie nach Jerusalem und richteten »in Gottes Namen« Blutbäder an, während im eigenen Land unschuldige Frauen und Mädchen ebenfalls »in Gottes Namen« als Hexen auf dem Scheiterhaufen verbrannt wurden.

Und wie sieht es heute aus? Erst vor kurzem schwor Präsident Bush den Terroristen, die ihre Flugzeuge in die beiden Türme des »World Trade Center« gesteuert hatten, Rache und ließ – um die Schuldigen zu finden – »in Gottes Namen« unschuldige Zivilisten in Afghanistan und anschließend im Irak bombardieren. »Gott segne Amerika!«, rief er und gab den Befehl zum Angriff!

Vielleicht denkt mancher in diesem Zusammenhang auch an seinen Hauswirt, der jeden Sonntag zur Kirche läuft und gleichzeitig mit seinen Mietern im Streit lebt. Wird dann beim Stammtisch noch erzählt, dass sich die beiden Pfarrer der »Friedenskirche« in den Haaren liegen, »staunt der Laie und der Heide wundert sich«.

Tatsächlich, dies alles geschah und geschieht immer wieder. Ich selbst – der Christ Gerhard Fischer – habe mehr als einmal Menschen enttäuscht. Über diese traurigen Tatsachen kann ich nur weinen und Buße tun.

Bibellesende Christen wissen, dass Gott Liebe ist, nichts als Liebe (1. Johannes 4,16)!

»Barmherzig und gnädig ist der Herr, geduldig und von großer Güte« (Psalm 103,8). »Darin ist erschienen die Liebe Gottes unter uns, dass Gott seinen eingebornen Sohn gesandt hat in die Welt, damit wir durch ihn leben sollen« (1. Johannes 4,9).

Hätten die Krieger der Kreuzzüge damals schon die Bibel selber lesen können, wäre ihnen sehr schnell klar geworden, dass Gott sie nicht in den »heiligen Krieg gegen die Unheiligen« schickte. Sie hätten ihre Waffen weggeworfen und wären heimgekehrt zu Weib und Kind.

In der Nazizeit schlossen sich bibellesende Christen zur »Bekennenden Kirche« zusammen. Sie verkündeten das reine Evangelium und verweigerten Hitler den Gehorsam.

Bibellesende Christen sind es heute in Irland, die sich nicht an den blutigen Kämpfen um die Vorherrschaft im Land beteiligen. »In Gottes Namen« rufen sie zum Frieden und zur Versöhnung auf, leben als Katholiken und Protestanten in einem Haus, lassen ihre Kinder miteinander spielen und zur Schule gehen, feiern gemeinsam Feste und helfen sich gegenseitig.

In Israel bauen bibellesende Christen »in Gottes Namen« Altersheime, Kindergärten und Schulen, in denen sie mit Juden und Moslems friedlich zusammenleben und -arbeiten. Jeder respektiert den Glauben des anderen. Die Moslems feiern ihren Fastenmonat, die Juden ihr Passah und die Christen ihr Ostern.

Das sind echte Gütezeichen »in Gottes Namen«. Sie geschehen weltweit buchstäblich »am laufenden Band«. Sozialeinrichtungen wie Krankenhäuser und Kindergärten, die uns heute ganz selbstverständlich und unentbehrlich sind, wurden von frommen Frauen und Männern »in Gottes Namen« begonnen. Mutter Teresa wandte sich »in Gottes Namen« den Kranken und Sterbenden in den Straßen Kalkuttas zu. Henry Dunant, der Begründer des Roten Kreuzes, kroch unter Einsatz seines Lebens »in Gottes Namen« über die Schlachtfelder und erbarmte sich der Verwundeten.

Überall und immer finden sich solche guten Beispiele. Mir fällt spontan der »abgesoffene« Fleischermeister aus Chemnitz ein, der »in Gottes Namen« vom Alkohol freikam, sein Geschäft neu eröffnen konnte und seine Familie zurückholte. Oder der Strafgefangene in Magdeburg, der »in Gottes Namen« nach Absitzen seiner langjährigen Haftstrafe zum Sozialarbeiter wurde und sich seitdem um drogenabhängige Jugendliche kümmert. Oder die jungen Leute, die, statt mit ihresgleichen in irgendwelchen Ecken herumzustehen und Blödsinn zu treiben, »in Gottes Namen« Kranke und Alte in ihren Stuben besuchen, für sie einkaufen, ihnen vorlesen und ihre Wohnungen sauber halten.

An ihnen hat die Öffentlichkeit kein großes Interesse. Ihr ist die Meldung über den Priester, der sich an Mädchen verging, viel interessanter. So etwas wird gern »an die große Glocke gehängt«: »Da habt ihr's mal wieder – so sind die Frommen!«

Die Gottlosen sollten froh sein, dass noch ein paar Menschen »in Gottes Namen« unter ihnen leben. Wenn der letzte Christ von Bord geht, ist das Licht für alle aus! Dann staunt der Heide und der Laie wundert sich.

# Hü und Hott bei Himmel und Gott

Der Artist hieß mit Nachnamen Horn, darum wurde seine zierliche Assistentin von allen »Hörnchen« genannt. Sie wirkte in der Manege lammfromm, war aber in Wirklichkeit rabiat und unberechenbar. Herr Horn liebte dieses hübsche, launische Biest, das ihm seine Bälle, Keulen und Ringe zuwarf und wieder abnahm, während er auf hohem Podest im Kopfstand jonglierte.

Einmal saß ich mit der Familie des Zirkusdirektors beim Abendbrot, als es klopfte und Herr Horn mit blutendem Kopf eintrat. »Chef, ich kann heute Abend in der Vorstellung unmöglich arbeiten. Meine Schädelwunde schmerzt so, dass ich es keine zwölf Sekunden im Kopfstand aushalten könnte, geschweige denn zwölf Minuten.«

»Hast du wieder Krach gehabt mit deinem ›Hörnchen‹?«

»Ja. Sie hat Theater wegen ihres neuen Kostüms gemacht. Es sei nicht aufregend genug geschneidert. Ich widersprach ihr, da schlug sie mich – und immer auf den Kopf.«

»Mit der Hand?«

»Nein, mit dem spitzen Absatz ihres Schuhs.«

»Hast du dich denn gar nicht gewehrt?«

»Chef, wenn ich das Mädel derb anfasse, bricht es mir auseinander. Ich hab es doch lieb.«

»Mensch, Kerl, du solltest nicht ›Horn‹, sondern ›Ochse‹ heißen.«

Als später im Zelt die Vorstellung lief, besuchte ich »Horn und Hörnchen« in ihrem Wohnabteil. Sie saß in der einen Ecke, er in der anderen, beide schweigend.

»Na, seid ihr beiden euch wieder näher gekommen?«

Sie fuhr mich giftig an, ohne mich eines Blickes zu würdigen, und dabei gingen ihre Worte wie ein Trommelfeuer auf mich nieder: »Sie bilden sich ein, uns versöhnen zu können? Sie gehören doch selber zu einem Verein, der sich tausendfach zerfleischt. Der Papst in Rom schreit hü und ihr Luderchristen (sie meinte wohl die »Lutherischen«), schreit hott, die Bibelforscher beanspruchen den Himmel für sich allein, und die Moslems behaupten, Allah sei Gott. Das ist alles Betrug. Werdet ihr euch erst einmal einig, bevor ihr bei anderen Frieden stiften wollt.« Sprach's und verkroch sich in ihr Bett.

Sie war in einer gemischt konfessionellen Familie aufgewachsen und hatte dabei wohl nicht die besten Erfahrungen gemacht. Ihr Vorwurf an unsere Adresse war berechtigt.

Immer wieder wird uns Frommen unsere Zerstrittenheit angekreidet. Jede Menge rivalisierende religiöse Gemeinschaften beargwöhnen sich gegenseitig und zeichnen ein verfälschtes, widersprüchliches Gottesbild. Die Palette reicht von »souverän« bis »manipulierbar«, von »fernab« bis »hautnah«, von »diktatorisch« bis »barmherzig und gnädig«.

Als ich in die fünfte Klasse ging, war Martin Luther in unserem Geschichtsbuch als junger Mönch abgebildet. Eigentlich sollte ich für eine Prüfungsarbeit lernen. Stattdessen nahm ich meinen zerkauten Bleistift und malte um Wangen und Kinn des Reformators einen kräftigen Bart. Meine Klassenkameraden hatten das mit Erfolg schon vor mir ausprobiert. Ihre Künste hatten Martin Luther in Adolf Hitler, Max Schmeling oder andere bekannte Gestalten verwandelt. Mein Luther bekam Ähnlichkeit mit Karl Stülpner, dem Wildschütz des Erzgebirges.

Meinem Vater – mit Leib und Seele Schulmeister – war jedes Lehrbuch heilig. Eines Tages kontrollierte er meinen Ranzen und fand das Gemälde im Geschichtsbuch. Statt des verdienten Lobes für mein künstlerisches Schaffen erntete ich eine Paukensinfonie auf meinem Hinterteil. Ich musste so lange radieren, bis Martin Luther wieder zum Vorschein kam. Ein Dummejungenstreich war das, mehr nicht. Kein Mensch kam dabei zu Schaden, wenn wir den Reformator in einen Wilddieb oder einen Boxer verwandelten.

Verhängnisvoll wirken sich dagegen die unterschiedlichen Gottesbilder aus, die von uns Frommen gezeichnet und zum Teil fanatisch verteidigt werden. Damit versperren wir unseren Mitmenschen den Zugang zu Gott, betrügen ihn um seine Ehre und blockieren seinen Segen an uns selbst. Da nützen auch die gemeinsamen Friedensgebete der Religionen nichts, mit denen wir den Eindruck erwecken wollen, als sei alles in bester Ordnung und lediglich einige Extremisten und Fundamentalisten würden quer schießen.

Kein überzeugter Moslem spricht unser christliches Glaubensbekenntnis mit. Umgekehrt ist das genauso.

Dafür liegen wir viel zu weit auseinander. Und jede Religion ist doch schon in sich mehrfach gespalten. Gegenseitige Verunglimpfungen vergrößern den Schaden genauso wie vorgetäuschte Übereinstimmung. Die Versuche, wenigstens die christlichen Kirchen in der Ökumene zusammenzuführen, sind schwierig genug!

Wir Christen sollten uns an das Wort Gottes in der Bibel halten. Paulus schreibt im Römerbrief: »Streitet nicht über Meinungen« (14,1), sondern »habt mit allen Menschen Frieden« (12,18). Dazu gehören die Ungläubigen genauso wie die Gleichgläubigen und Andersgläubigen. Ich teile nicht ihr Gottesbild, doch ich achte sie als meine Nächsten, denn wir sind alle Gottes Geschöpfe.

Wenn der Koran seinen Gläubigen den heiligen Krieg vorschreibt, so ist das schrecklich, für uns Christen aber kein Grund, darauf mit Bomben zu antworten, wie das in Afghanistan und im Irak geschah. In unserer Bibel steht klipp und klar (1. Petrus 3,9): »Vergeltet nicht Böses mit Bösem, sondern segnet vielmehr.« Also streiten wir uns nicht über und wegen Gott, sondern bezeugen ihn – und das nicht nur mit Worten, sondern mit unserem Leben.

Der Unterschied mag einigen nicht ganz klar sein. Es gibt hier einen großen Nachholbedarf an solider Information. Ich bezeuge das Gottesbild, das ich in der Bibel vorfinde und in dem mir Gott bis zum heutigen Tag begegnet.

Paulus schreibt in einem völlig anderen Zusammenhang: »Ich verrate euch ein Geheimnis« (1. Korinther 15,51). Das tue ich jetzt auch. Eigentlich ist es gar kein

Geheimnis, denn es steht ganz offiziell in der Bibel. Es ist aber im Lauf der Geschichte zum Geheimnis geworden. Welcher Christ – mit Ausnahme der theologisch geschulten – kennt heute noch den hebräischen Namen Gottes, Jahwe, den er uns selbst genannt hat mit dem Zusatz: »Das ist mein Name auf ewig, mit dem man mich anrufen soll von Geschlecht zu Geschlecht« (2. Mose 3,15). Und: »Ihr sollt meinen Namen auf die Israeliten legen, dass ich sie segne« (4. Mose 6,27).

Dieser Name zeichnet ein klares Gottesbild. »Jahwe« bedeutet zu Deutsch: »Ich bin! Ich bin, der ich bin! Ich bin da – für dich da!«

Er wird aus mir zwar bekannten, aber völlig unverständlichen Gründen den Gläubigen vorenthalten und durch »Herr« ersetzt. Jeder Wicht wie ich wird mit »Herr« angeredet. Ist Gott nicht seine eigene Anrede wert?

JAHWE! Der sich uns in totaler Liebe zuwendende Gott wird in Jesus Mensch, lebt, handelt, leidet, stirbt, steht von den Toten auf und nimmt den Platz ein, von dem aus er bei uns ist »alle Tage bis an der Welt Ende« (Matthäus 28,20). Er ist der Ewige und Unveränderliche, unabhängig von unseren Vorstellungen und Wünschen. Jesus übersetzt uns diesen Gottesnamen so: »Unser Vater im Himmel! Dein Name werde geheiligt« (Matthäus 6,9).

JAHWE ist Gottes Selbstporträt. Wir schauen es an und sehen den Vater, wie er uns zugewandt und darauf bedacht ist, dass unser Leben gelinge.

Manchem Menschen ist das Vaterbild vielleicht etwas fragwürdig. Er denkt an seinen leiblichen Vater, der betrunken heimkam – wenn er überhaupt kam –, der prügelte und schrie oder einfach weglief und nie wieder auftauchte, dem seine Kinder gleichgültig waren.

Ich denke an mein eigenes Versagen als Vater meiner Kinder. Aber gerade dann, wenn ich mich schäme, ist mir das Vaterbild Gottes wertvoll und tröstlich. Gott ist und bleibt das »Vater-Original«. Jesus malt ihn uns im Gleichnis vom verlorenen Sohn – genauer: vom liebenden Vater und seinen beiden Söhnen – vor Augen. Es ist in der Bibel bei Lukas im 15. Kapitel zu lesen.

Und wie ging es mit »Hörnchen« weiter? Es dauerte einen Tag und eine Nacht, bevor sie ihren zur Versöhnung bereiten Partner um Verzeihung bat. Die Kopfwunde brauchte etwas länger, um zu verheilen. Das Kostüm wurde im Eilverfahren von einer Schneiderin auf »hip« getrimmt. Beim nächsten Manegen-Nachtgottesdienst saßen »Horn und Hörnchen« friedlich vereint in der feiernden Gemeinde. Der »Vater« macht's möglich.

# Der Rabenvater

Die Tochter weilt mit ihrem Sohn bei uns zu Besuch. Das Kind ist vier Jahre jung und unser Enkel. Wir haben inzwischen neun Enkel und einen Urenkel.

Sigrid strahlt – wie immer, wenn Enkel in der Nähe sind. Seit ihren ersten Oma-Erfahrungen bekräftigt sie immer wieder: »Großmutter sein ist der schönste Beruf, den ich je hatte!« Wie das bei Frauen so ist, kann sie auf viele Berufe verweisen, die sie im Laufe ihres Lebens ausgeübt hat: gelernte Krankenschwester, Ehe- und Hausfrau, Mutter, Pfarrersfrau, Katechetin, Kirchnerin, Köchin, Lehrerin, Floristin, Kämmerin, Schneiderin und – nicht zu vergessen – Putzfrau »ohne Verdienst und Würdigung«.

Jetzt darf sie also den Großmutterberuf ausüben und ich bin der Großvater! Das sieht so aus:

Tochter und Enkel sitzen mit an unserem Mittagstisch. Zum Schnitzel gibt es außer den Kartoffeln Gemüse und zum Gemüse gehört Blumenkohl. Den mag der Enkel nicht.

Als die Tochter so klein war wie ihr Sohn jetzt, mochte sie auch keinen Blumenkohl. Damals trat ich als Vater auf: »Der Blumenkohl wird gegessen!«

Jetzt sitzt der Enkel vor dem Teller. Es würgt ihn im Hals, wenn er den Blumenkohl nur sieht. »Das arme Kind!« Ich, der Großvater, fühle mit dem Buben. Ohne Skrupel langt meine Hand samt der Gabel über den Tisch zum Teller des Enkels und stiehlt ihm das ungeliebte Gemüse. Der Kleine strahlt mich an, die Tochter wirft mir einen viel sagenden Blick zu, ich aber stelle mich naiv. Ich habe doch nichts anderes getan als das, was ein Großvater tun muss.

Gespannt bin ich, wie ich mich als Urgroßvater bewähre. Wahrscheinlich würde ich in einem solchen Fall dem geplagten Kind nicht nur den Blumenkohl abnehmen, sondern ihn auch noch gegen zwei Stück Schokolade eintauschen. Da können sich unsere Enkel überlegen, ob sie ihre Kinder in meine Nähe bringen ...

Als Vater war ich also nicht der Gleiche wie als Großvater. Wie war ich denn? Die eigenen Kinder mussten natürlich alles essen, was auf den Tisch kam. Mein Erziehungsspruch lautete: »Andere wären froh, wenn sie so etwas Gutes bekämen.« So wahr das auch ist, es hat den Blumenkohl oder Spinat für sie nicht schmackhafter gemacht.

Wenn nun bei einem Geburtstag oder einem anderen Anlass unsere inzwischen sehr erwachsenen Kinder bei uns am Tisch sitzen und sich – in der Erinnerung an vergangene Jahrzehnte – fröhlich über meine erzieherischen Maßnahmen von damals auslassen, kommen mir arge Bedenken. Was war ich doch für ein Rabenvater!

Friederike aß manches nicht so gern und maulte. Die beiden Großen wussten bei bestimmten Speisen im Voraus, was kommen würde. Und es kam! »Friederike, jetzt gibt es zwei Möglichkeiten: essen mit lieben und freundlichen Worten oder essen mit Donnern und Strafen. Essen aber auf jeden Fall! Du kannst wählen.« Es endete stets mit Tränen.

Eigentlich wuchs Friederike mit zwei Mamas auf. Die eine war es von Natur aus. Die zweite wurde es als sechs Jahre ältere Schwester, die das Gemüt und Geschick einer Mutter besaß. Sie spielte mit der Kleinen, zeigte ihr, wie man Puppen windelt, ausfährt, erzieht, füttert und ins Bett bringt, rodelte mit ihr, erklärte ihr den Hühnerhof und beschützte sie vor bösen Buben.

Wenn Angelika in der Schule saß, war Mama da. Doch die hatte nicht immer Zeit. Also sollte Friederike auch mal allein im Garten spielen. Die weinte. »Ich gehe nicht allein runter!« Mama konnte machen und reden, was sie wollte, Friederike blieb dabei: »Nicht allein!« In diesem Fall sprach der Vater das Machtwort: »Du gehst sofort in den Garten, verstanden? Bei diesem herrlichen Wetter hockst du nicht in der Stube herum. Falls dir das nicht passt, marschierst du ab ins Bett!« Schluchzend zog sich Friederike aus und verschwand im Schlafzimmer. Zweifelhafter Triumph eines Vaters.

Das Schaukelpferd meiner Kindheit war noch da und wurde von unseren Kindern geliebt, besonders von Angelika. Mit der Zeit verlor es immer mehr an Schönheit. Das Schaukelteil zerbrach und am Ende schmiss ich den Gaul einfach auf den Kohlenberg im Schuppen. Dort lag er Wochen und Monate, bis ich ihn eines Tages endgültig entsorgte. Später kam Angelika in den Schuppen und erstarrte. Ihr Pferd, das sie heimlich geliebt und täglich gestreichelt und gefüttert hatte, war verschwunden. Für immer. Die Tränen liefen.

Ich, der Vater, hatte von der Freundschaft nichts mitbekommen. Die Enttäuschung des Kindes war riesig.

Erst jetzt – im Alter – fühle ich, was ich meinem Kind damals antat. Zu spät!

Johannes mag sieben Jahre alt gewesen sein, da fand ich in einer Drogerie eine Flasche mit 500 Summavit-Kapseln, einem Vitaminpräparat. Da es in der DDR kaum Obst gab, handelte ich als treu sorgender Familienvater, machte das Geld dafür locker und kaufte die Flasche. Zum nächsten Abendbrot stellte ich sie auf den Tisch und erklärte der Familie, was ich zu aller Gesundheit mitgebracht hatte: »Pro Tag und pro Person täglich eine Kapsel.«

Sigrid sah mich von der Seite an, die Mädchen blickten wortlos auf ihren Teller. Johannes protestierte entschieden: »Die schlucke ich nicht!«

Das hätte ich wissen können. Ihm Medizin einzuflößen, wenn er krank war, war eine Meisterleistung, die allein seiner Mutter gelang, und das auch nur in meiner Abwesenheit.

Meine Ohren hörten seine Weigerung, und meine Seele bebte. »Du schluckst sie, oder das Abendbrot fällt für dich aus.« Er wählte das »oder«.

Der Sieg lag eindeutig auf seiner Seite, die Niederlage musste ich einstecken. Die »hochwertigen Dragees« schluckte ich fast zwei Jahre lang allein.

Einmal lag Sigrid im Krankenhaus und ich war mit Johannes allein. Ich sagte ihm: »Viertel nach fünf bist du da, verstanden?«

»Ja.«

Er kam um sechs Uhr. Die Folge war das von ihm einkalkulierte Donnerwetter. So etwas geht vorbei. Am nächsten Abend folgte die Wiederholung. Am dritten

Tag kündigte ich meinem Sohn an: »Kommst du heute Abend wieder zu spät, lasse ich dich draußen stehen.«

Er kam – wie gehabt – um sechs. Ich wartete schon hinter der verschlossenen Tür.

Johannes klingelte. Ich reagierte nicht. Er klingelte ein zweites und ein drittes Mal. Endlich ließ ich mich hören: »Bis Viertel nach fünf war die Tür für dich offen. Jetzt bleibt sie zu.«

Das Kind schwieg. Ich hörte, dass es sich auf die Treppenstufen setzte. Wie lange es dort saß, weiß ich nicht mehr. Dann kam Johannes an die Tür zurück. Ganz jämmerlich klang es: »Bitte, Papa, lass mich rein.«

»Nein!« Das war meine ganze Antwort.

Er bettelte unter Tränen weiter. Ich blieb hart – getreu dem Grundsatz: »Ein Mann – ein Wort!«

Da griff Gott ein. Er packte meine Seele bei den Schultern und schüttelte mich aus den Lumpen, dass mein Herz nur so flatterte. »Wie stellst du dir das eigentlich vor, wenn du an meine Himmelstür kommst? Was werde ich tun? Du hoffst natürlich, dass ich dich einlasse. Welchen Grund sollte ich dazu haben? Weil du so brav warst? Wohl kaum. Ich lasse dich ein, weil ich dich liebe!«

Ganz schnell öffnete ich die Tür und schloss meinen Jungen in die Arme.

Als Johannes noch kleiner war, hatte er mich einmal irgendwie geärgert. Es gehörte nicht viel dazu, mich auf die Palme zu bringen. Als fachhochschulausgebildeter Pädagoge fielen mir immer außergewöhnliche Erziehungsmethoden ein. Ich holte den Fußabstreifer von draußen ins Wohnzimmer und legte ihn vor den Kachelofen. Daran kann jeder meine Fürsorge erkennen. Es war Winter. Der Junge sollte sich bei dieser Strafaktion nicht erkälten.

»So! Darauf bleibst du sitzen, bis ich dir erlaube aufzustehen.« Ich meinte, es sei für das Kind eine demütigende Angelegenheit, auf der Matte sitzen zu müssen, auf der die Leute ihre schmutzigen Schuhe abtreten.

Johannes nahm das gelassen. Er begann zu singen und hatte ein reiches Repertoire. Ich sah meine Autorität untergraben und donnerte ihn an: »Auf dem Abstreifer wird nicht gesungen!«

Rabenvater!

Fortsetzung gefällig? Das kann ich mir vorstellen. Wenn meine Kinder das hier lesen, amüsieren sie sich bestimmt auf meine Kosten. Aber jetzt ist mir das egal. Ich möchte sie auf jeden Fall daran erinnern, dass sie nicht nur durch den großen Einsatz ihrer Mutter zuverlässige und brauchbare Menschen geworden sind, sondern auch durch meine überragenden pädagogischen Einfälle. Gott, dem wir die Kinder schon vor ihrer Geburt anvertraut hatten, baute meine Bemühungen geschickt in sein eigenes Programm ein und sorgte dafür, dass sie den Kindern trotz aller Fragwürdigkeit zum Besten dienen mussten. Auf diese gute Weise beteiligte er auch mich am Erfolg.

Solange mir noch Zeit bleibt, beobachte ich ehrfurchtsvoll die Erziehungskünste meiner Kinder und bin gespannt auf ihre spätere Standhaftigkeit als Großväter und Großmütter.

# Großeinsatz der Schutzengel

Der Wartburg bog um die Kirchenecke. Im Rückspiegel verschwand das Haus mit den Fenstern unserer Wohnung, in der wir Johannes (12), Angelika (9) und Friederike (3) zurückließen. Obwohl es erst 17 Uhr war, draußen die Sonne schien und andere Kinder noch fröhlich spielten, saßen sie bereits beim Abendbrot und hatten von ihrer Mutter die Order bekommen, nach dem Essen sofort ins Bett zu gehen. Die beiden Großen durften noch lesen; die Kleine musste gleich schlafen.

Sigrid und ich fuhren nach Leipzig ins Café Eden. Dort traten die »Rollenhelms« im Nachtprogramm auf. Wir hatten sie mehrere Jahre lang nicht getroffen, weil sie in ausländischen Varietés arbeiteten. Unsere Unternehmung war nicht zu unterschätzen, denn wir ließen unsere Kinder bis in die frühen Morgenstunden allein zurück. Sigrid hatte alles mit ihnen gründlich durchgesprochen.

Die Kinder hatten kein Problem damit, wenn sie natürlich auch nicht einsahen, dass sie so zeitig eingesperrt wurden: »Was könnte denn schon passieren, wenn wir erst noch mit den anderen Kindern draußen spielen und später Abendbrot essen?« Immerhin, sie versprachen uns hoch und heilig, sich an all unsere Anweisungen zu halten.

Als wir nachts gegen 3.45 Uhr zurückkamen, stellten wir fest, dass alles bestens geklappt hatte. Unsere drei lagen gesund und friedlich schlafend im Bett. Chaosspuren waren nicht zu entdecken. Na bitte!

Es blieb nicht bei dem einen Mal. Solche Fahrten waren immer wieder einmal nötig. Das Ergebnis war stets das Gleiche: Unsere Kinder erwiesen sich als brav und zuverlässig.

20 Jahre später saßen wir mit unseren Kindern in gemütlicher Runde zusammen und feierten Sigrids Geburtstag. Wie so oft kam das Gespräch auf früher: »Wisst ihr noch ...?« Ich erinnerte an die eben geschilderten Abende: »Ihr wart einfach toll! Wir konnten beruhigt für Stunden von daheim fortbleiben.«

»Bist du dir da ganz sicher, Papa?«

»Ganz sicher! Ihr habt es uns mehrfach bewiesen.«

Unsere Kinder sahen sich an und lachten laut los. »Dann ist es an der Zeit, dass wir euch aufklären. Ihr habt jetzt das richtige Alter dafür.«

Wir brachten Mund und Nase nicht mehr zu, als sie uns erzählten, wie herrlich spannend die Abende verlaufen waren: Kaum war das Auto um die Ecke verschwunden, galten die Gedanken der Zurückgebliebenen allein den Freuden, die Kinder nur ohne ihre Eltern genießen können. Der erste Weg führte zur Zuckerdose im Küchenschrank, der zweite zu Mamas selbst gebackenen Keksen. Dann erfanden sie Spiele, die jedes Mama- und Papaherz zum Stillstand gebracht hätten.

Dazu gehörten beispielsweise Friederikes »Todessprünge«. Dafür legten die Großen alle verfügbaren Federbetten, Kissen und Decken vor das Doppelstockbett auf den Fußboden. Dann halfen sie ihrer Schwester nach oben in die schwindelnde Höhe. Die stellte sich freihändig an den äußersten Bettrand und sprang in die Tiefe.

Johannes und Angelika spendeten reichlich Applaus. Die Kleine war von der Übung begeistert und hechtete von Mal zu Mal kühner in den gepolsterten Abgrund. Ein herrliches Spiel und völlig ungefährlich!

Die nächste Idee stand der ersten an Einfallsreichtum nicht nach: »Die Klaviervirtuosin«.

Wenn Friederike fürs Schlafengehen fertig gewaschen und angezogen war, hob der große Bruder sie auf die Tastatur des Klimperkastens. Friederike setzte Fuß vor Fuß und quietschte vor Vergnügen an der Musik zu ihren Füßen. Beethoven, Strauß und Mozart hätten vereint nicht solche gewaltigen Kompositionen zuwege gebracht wie das auf den Tasten hin und her hüpfende Kind – Freude auf allen Seiten. Die Kleine hopste vorwärts, rückwärts, rundherum. Der große Bruder passte auf, dass sie nicht abrutschte, und die große Schwester stand singend und strahlend daneben.

Wenn auch die ausgemachten Zubettgehzeiten nicht eingehalten werden konnten, so schliefen die drei braven Kinder doch noch vor Rückkehr der Eltern den Schlaf der Gerechten.

Hätten wir das geahnt! Dann wären uns Eltern sehr schöne gemeinsame Abende versagt geblieben. Ein Glück also, dass wir von alledem nichts merkten.

Matthias Claudius dichtete in seinem Abendlied »Der Mond ist aufgegangen«:

*Seht ihr den Mond dort stehen?*
*Er ist nur halb zu sehen*
*und ist doch rund und schön.*
*So sind wohl manche Sachen,*
*die wir getrost belachen,*
*weil unsre Augen sie nicht sehn.*

Aber Gottes Augen sehen alles. Wie gut! Er sieht nicht mit den Augen einer Politesse, die Verkehrssünder aufspürt, um ihnen ein »Knöllchen« zuzustecken. Er sieht mit den Augen des Vaters, der seine Arme ausstreckt, damit wir selbst dann, wenn wir »fallen«, in seinem Schoß landen. Außerdem hat Gott seine Bereitschaftsarmee im ständigen Einsatz, von uns »Schutzengel« genannt. Garantiert waren sie für uns und unsere Kinder viel öfter unterwegs, als wir es überhaupt ahnten. Ich werde ihnen im Himmel – wenn ich darf – für ihre treuen Dienste dankbar die Hände oder – falls das dort so üblich ist – die Flügel schütteln.

Damals, vor so vielen Jahren, gingen wir Eltern für ein paar Stunden aus dem Haus und ließen unsere Kinder allein zurück. Das ist uns nicht leicht gefallen. Viel zu schnell kam aber die Zeit, da gingen die Kinder für immer aus dem Haus und ließen uns Eltern zurück. Wir hätten sie gern lebenslang behütet, verwöhnt, geleitet und beraten. Aber das geht nicht. Und es ist auch nicht so gedacht!

Die beste Fürsorge erweisen wir unseren erwachsenen Töchtern und Söhnen durch unsere Fürbitte. Es spielt keine Rolle, ob sie im Nachbarhaus oder 500 Kilometer von uns entfernt wohnen. Es spielt auch keine

Rolle, ob ihnen unsere Gebete wichtig sind oder ob sie sie für überflüssig halten. Wir nennen ihre Namen Tag für Tag dankbar vor Gottes Thron und segnen sie mit seiner Liebe und Kraft. Das ist mehr wert als alle gut gemeinten Ratschläge aus unserem Erfahrungsschatz, die von ihnen ja doch mehr oder weniger als Bevormundung gehört werden.

Wer Kinder hat, wird im Alter nicht überflüssig. Fürbitte bleibt der beste Beistand, den wir ihnen leisten können. Also bete ich für sie, solange ich dazu den Atem habe.

# Füllet die Erde

Man kann über uns Menschen denken, wie man will, eins muss man uns lassen: An den Auftrag Gottes, »die Erde zu füllen«, haben wir uns gehalten. Mehr als sechs Milliarden Menschen bevölkern inzwischen unseren Planeten. Die Zahl steigt ständig.

Wir Deutschen beteiligen uns allerdings nicht an diesem Zuwachs. Wir verbinden den Sex mit Pille und Kondom und treiben die ab, die es gegen unseren Wunsch wagen, Mensch werden zu wollen. So verwandelt sich Deutschland allmählich in ein Altenpflegeheim. Sigrid sagt: »Ein Volk, das seine eigenen Kinder umbringt, hat keine Zukunft.« Wenn ich mir das Fiasko unserer Tage ansehe, stelle ich fest: Sie hat Recht!

Welchen Beitrag haben wir zur Erdbevölkerung geleistet?

Ich – Gerhard – »erkannte mein Weib« Sigrid, die wurde schwanger und gebar Johannes, drei Jahre später Angelika und nach weiteren sechs Jahren Friederike. Da waren wir schon fünf. Johannes brachte uns Bettina als Schwiegertochter ins Haus, Angelika den Martin und Friederike den Toni als Schwiegersöhne. Da waren wir schon acht.

Johannes und Bettina zeugten Camillo, Patricia und Gloria, Martin und Angelika fügten auf gleiche Weise Benjamin, Samuel, Eva und Jeremias hinzu.

Friederike gebar ihrem Toni Pedro und Mara. Da waren wir schon 17.

Camillo sorgte als schnellster Enkel mit Carola für unser erstes Urenkelkind Carolina Giovanna. Jetzt sind wir schon 19, allerdings nicht nur aus eigener Kraft, sondern auch mit Hilfe des »Fremdkapitals« unserer Schwiegerkinder.

Jetzt wird sich die Zahl nur langsam weiter erhöhen, denn die junge Generation versteht unseren Heimatplaneten Erde als einen großen Vergnügungspark und »durchflirtet« ihn erst einmal kinderlos nach allen Regeln demokratischer Freizügigkeit. Es bleibt spannend.

Wir Großeltern haben Mühe, mit den vielen neuen Terminen klar zu kommen. Sigrid behält sie alle im Kopf, ich im Kalender. Wenn die Großmutter nicht wäre, gäbe es zu den Geburtstagen nur Handygrüße. Doch ihr fällt immer etwas Besseres ein, zum Beispiel eine aussagekräftige Bild-Spruch-Postkarte und zum Weihnachtsfest das Losungsbuch fürs neue Jahr. Auch gibt sie sich nicht mit unseren regelmäßigen Gebeten für die Enkel zufrieden, sondern erinnert sie zu jeder passenden Gelegenheit daran, dass es überall in der Welt – also auch an ihren jetzigen Wohnorten – Christenmenschen gibt, die sonntags Gottesdienst feiern.

Ich besitze noch einen Brief, den ich Eva schrieb, als sie mit zwei Jahren für ein paar Wochen bei uns lebte, weil ihre Mutter Angelika krank war und Hilfe brauchte. Diesen Brief bekam sie an ihrem 18. Geburtstag von ihren Eltern ausgehändigt. Ein paar Ausschnitte daraus möchte ich hier zum Besten geben:

*»Sobald Eva am Morgen ihre Augen auftut, hat sie den Kopf voller Ideen. Zwanzig sind es mindestens,*

*zwei davon können im Höchstfall zugelassen werden, was ihren starken Protest hervorruft. Es entmutigt sie aber nicht, die restlichen achtzehn doch noch zu probieren. Sie hört sich alle Lehren von Großvater und Großmutter geduldig an und sieht dann, wie weit sie mit dem Gegenteil kommt.*

*Sie redet niemals nur mit dem Mund. Die Augen sprechen beständig mit; Arme, Beine, Bauch und Po geben den Worten Bewegung.*

*So erfährt der erstaunte Hörer, dass die Tischdecke in der Stube mit vielen Grüßen an Mama, Papa, Benni und Hami beschrieben ist, Großmutters Schere prima schneidet, die Puppe nun keinen Kopf mehr hat und das Fonfon sich zerlegte. Man kann sich überzeugen. Es stimmt alles.*

*Seitdem die Türklinken ein wenig heruntergekommen sind, ist die Welt noch schöner geworden.*

*Ein bisschen sind die Großen ja auch behämmert. Monatelang erzählen sie dem guten Kind:*

*»Eva macht nicht in die Windel. Nein, Eva ist doch ein liebes Kind!«*

*Das wusste Eva natürlich schon selber, denn so eine kleine Person weiß doch, was sie wert ist. Aber schließlich ist sie ja auch so klug zu wissen, wozu eine Windel da ist. Also wird reingepullert, feste und saftig. Als Großmutter aber die Windel von einem Tag zum anderen weglässt, ist Eva plötzlich trocken.*

*Die Großen freuen sich, als wenn das etwas Besonderes wäre. Aber Eva zeigt auch hier Verständnis. Man muss den Alten ihre Freude lassen. Ab und zu brauchen sie solche Erfolgserlebnisse.*

*Mit der Frömmigkeit ist das auch so eine Sache. Es scheint für die großen Leute schwer verständlich zu sein, dass Kinder nicht nur ins Himmelreich gehören, sondern es auch in sich tragen. Warum dann eigentlich auf Kommando beten, zum Beispiel vor dem Essen? Eva langt gleich mit beiden Händen in den Teller, weil ihr Dank dem Heiland doch sowieso gewiss ist.*
*»Erst beten!«, das ist typisch für die Großen.*
*Aber vor dem Mittagsschlaf, wo man dann so lange ganz allein im Zimmer liegen muss, da vergessen sie das Beten regelmäßig. Also erinnert sie: »Erst bete!«*
*So ein Kind hat es schwer. Da steht in der Bibel von der Geduld und dem Glauben der Heiligen (Offenbarung 13,9). Haben Großvater und Großmutter wirklich diese Geduld, die von Heiligen erwartet wird?*
*Man muss ihnen dazu helfen. Es gibt bestimmte Teststrecken. Das Runterschmeißen ist eine sehr gute Übung. Handtuch, Seife, Trinkbecher, Puppen, die leere Puddingschüssel und alles, was mit der kleinen Hand am kurzen Arm zu erreichen ist, fliegt nach unten.*
*Eva schmeißt und guckt. Großvater schimpft meist laut und energisch. Manchmal haut er sogar auf Evas kleine Hand. Sie aber behält die Geduld zur Erziehung und schmeißt gleich wieder etwas nach unten. Aus lauter Liebe erträgt sie die Folgen.*
*Wenn Großvater gar zu heftig wird, erklärt das Kind: »Eva lieb!«*

*Der Großvater darf nicht gestört werden. Er bereitet die Predigt für den nächsten Sonntag vor. Das kleine Weib überlegt: »Ich oder die Predigt? Das ist doch keine Alternative!«*
*Die Tür fliegt auf. »Vater – Schoß – Buch an – Gagag Katze Wanz beißt – Esel – Muh – Brille auf!«*
*Der Großvater seufzt, aber er gehorcht. Das Buch ist zu Ende. »Nun geht Eva wieder brav in die Stube.« Ja, sie geht, um nach vier Minuten wieder zu erscheinen: »Vater – Schoß – Buch an – Gagag Katze Wanz beißt – Esel – Muh – Brille auf!«*
*Ach, was wird aus uns, wenn wir dieses kleine, süße Biest nicht mehr bei uns haben? Wer wird uns lehren?*

Ich bedanke mich bei unseren Enkeln für die schönen Stunden, Tage oder auch mal Wochen, in denen wir sie genießen durften. Sie haben uns zu einem reichen Schatz guter Erinnerungen verholfen. Je erwachsener sie werden, umso abenteuerlicher fallen die Berichte aus, die durch sie selbst oder über ihre Eltern an unsere Ohren dringen. Jubel mischt sich in unseren Seelen mit Grausen und Schrecken. Ein paar Beispiele:

Camillo erschien einmal um Mitternacht daheim in kompletter Ritterrüstung. Er hatte sie für mehrere Monatsraten Arbeitslosengeld erstanden. Kurze Zeit später ließ er sich eine Tonsur scheren und stellte sich der Öffentlichkeit als Mönch vor.

Benjamin schonte seine Autoreifen, indem er das Gaspedal ein wenig tiefer drückte und auf zwei Rädern durch die Straßen düste. Die Gäste eines Straßencafés flohen über Tische und Stühle, als er fünf Zentimeter neben ihrer Kaffeetasse notbremste.

Von vier PKW-besitzenden Enkeln fahren drei bereits ihre vierte »Rostlaube«. Ihr schwer verdientes Geld ist als Schrott auf Autofriedhöfen gelandet.

Eva verwechselte an einem wunderschönen Hochsommertag vor Übermüdung den Abend mit dem Morgen, packte eilig ihre Tasche und fuhr mit dem Zug in die Berufsschule, die jedoch nachts geschlossen hatte. Sie nahm es gelassen ... wie immer und alles. Nichts vermag ihre Lebensfreude zu trüben.

Um noch schöner auszusehen, als der liebe Gott sie schuf – was gar nicht möglich ist –, ließ sie sich von einem teuren Tätowierkünstler auf schmerzhafte Weise für lebenslänglich ihre Brust verunzieren. Wir hoffen, ihr Zukünftiger wird sich mit der heil gebliebenen Hälfte zufrieden geben und Eva trotzdem lieben, ebenfalls lebenslänglich.

Patricia fand es an ihrem Einsegnungstag gar nicht gut, dass sie zum nachmittäglichen Kaffeetrinken an der Festtafel erscheinen sollte. Sie hätte die Zeit viel lieber mit einem ihrer zahlreichen Konfirmationsgeschenke – einer Koffernähmaschine – zugebracht, um das technische Wunder zu ergründen und die Qualität der Nadel zu prüfen.

Großvater hat noch heute ein schlechtes Gewissen, weil er im Urlaub auf der Insel Hiddensee dem damals zwölfjährigen Mädchen nicht ein einziges Mal seinen – von ihr heimlich begehrten – Stammplatz im Strandkorb abtrat.

Samuel ließ sich nach einer Alkoholfete zu später

Stunde von seinem Freund im Auto mit zwei »jungen Damen« an den Badesee kutschieren. Der in einige Promille eingeweichte Chauffeur drückte mächtig aufs Gaspedal, überflog das Ufergelände und versenkte die kreischenden Fahrgäste im Wasser. Außer nassen Klamotten und einer saftigen Reparaturrechnung gab es aber keinen Schaden.

Gloria ist ohne Konkurrenz. Von ihr stammt das klassische Zitat: »Oma, ich mache alles, was du sagst!« (Sie war damals vierjährig!)

Jeremias überlegte mit seinen Freunden, wie sie schnell berühmt werden könnten. Sie fanden die Lösung. Schlecht abgeguckt bei der »Stiftung Warentest«, prüften sie erfolgreich die Qualität eines Blitzknallers. Das brachte ihnen einen ausführlichen Bericht in der Tagespresse ein, allerdings ohne konkrete Personenangabe. Doch die Klatschweiber der umliegenden Ortschaften glichen den Mangel aus und machten ihre Namen bekannt.

Pedro lebte schon als Vierjähriger in der Fußballwelt. Bei seinem ersten Dreikäsehoch-Bundesliga-Spiel rannte er mit dem Ball – glücklich, dass ihn kein Gegner daran hinderte – aufs eigene Tor zu. Halt! Nein! Drei Schritte davor bemerkte er seinen Irrtum und machte kehrt.

Mara und Carolina verdrehen schon jetzt als Säuglinge den Männern den Kopf, die zu ihnen in den Wagen gucken. Es ist abzusehen, dass die beiden Mädchen als Teenager das starke Geschlecht reihenweise um seinen ohnehin kläglichen Verstand bringen werden.

Ich fasse zusammen: Sigrid und ich haben unseren

Teil dazu beigetragen, die Erde mit tüchtigen und außergewöhnlich einfallsreichen Menschen zu bevölkern. Eines Tages – von Gott bestimmt – werden wir wie Abraham (1. Mose 25,8) »in einem guten Alter lebenssatt« sterben und zu unseren Vätern – ich ergänze: und Müttern – versammelt werden. Allen meinen Nachkommen wünsche ich, bis auch sie dran sind: »Macht's weiterhin gut bzw. besser!«

# Pipifax und seine Brüder

»Bitte, bitte, Papa, erzähl uns eine Pipifax-Geschichte.« Unsere Kinder bettelten so oft danach, dass meine Frau nach den ersten beiden Erzähljahren schleunigst das Zimmer verließ, sobald der Name »Pipifax« auch nur genannt wurde.

Ich erinnere mich, dass mein Vater mir früher von den Wichtelmännern erzählte. Einzelheiten habe ich mir nicht gemerkt. Mich begeisterten als Kind die Möglichkeiten der Zwerge, Dinge tun zu können, von denen ich nur träumte. Zum Beispiel besaßen sie eine Tarnkappe. Was müsste das für ein Glück sein, eine solche Kopfbedeckung zu besitzen: Du hast mit dem Fußball beim Nachbarn die Scheibe eingeschlagen. Der kommt auch gleich angerannt, sodass du nicht mehr fliehen kannst. Da rettet dich die Mütze. Du setzt sie auf und bist unsichtbar. Herrlich!

Später bettelten die Enkel, die von ihren Eltern erfahren hatten, dass der Opa schöne Geschichten erzählen konnte: »Bitte, bitte, Opa, erzähl uns eine Pipifax-Geschichte.« Da fing der Opa wieder an:

*Im Märchenwald leben drei Zwerge: Pipifax, der älteste, Glorifax, der mittlere, und Drallifax, der jüngste.*
*Sie wohnen in einer kleinen Holzhütte dicht neben dem Bach, in dem es von Forellen nur so wimmelt. Durch die Haustür tritt man gleich in die Küche, in*

*der die Zwerge zwar nicht kochen, aber backen können. Sie backen sich jeden Tag einen Kuchen, mal mit Streuseln, mal ohne, aber immer mit Schokoladenguss. Kuchen essen sie zum Frühstück, zum Mittagessen und zum Abendbrot.*

*Dann gibt es in der Hütte natürlich auch noch ein Wohnzimmer. Da drin sieht es aus wie in einem Spielzeugladen. Bauklötze, Wigwams und massenweise Indianerfiguren, Feuerwehrautos, mit denen man richtig Wasser spritzen kann, elektrische Eisenbahnen mit Güter- und Personenzügen, mit Diesel- und Dampfloks – kurz, alles was ein Kinderherz erfreut, liegt da herum. Sonnabends ist immer einer der Zwerge mit dem Aufräumen dran. Das geht ganz schnell. Neben der Tür hängt eine Trillerpfeife. Mit der wird so lange getrillert, bis sich alle Spielsachen von selbst ordentlich in die Fächer und Regale sortiert haben. Fertig!*

*Eine Schlafstube wird nicht gebraucht, denn es gibt ja keinen, der die Zwerge ins Bett schickt. Sie spielen abends so lange, bis sie vor Müdigkeit umfallen und auf dem Teppich einschlafen.*

*Aber ein Bad gibt es im Haus, ohne Waschbecken und Badewanne, dafür aber mit einem richtig großen Schwimmbecken. Ehe die Zwerge da hineinsteigen, legen sie sich auf eine Gummimatratze, über der viele Schwämme kreisen, die den Nackedei gründlich abwaschen.*

*Das finden sie herrlich. Es kitzelt so schön. Glorifax legt sich meistens gleich dreimal nacheinander hin.*

*Die Zwerge fahren ein richtiges Auto. Es ist etwas*

*kleiner als ein Kinderwagen, aber größer als eine Bratpfanne und hat die Form eines Dinosauriers. Es fährt nicht etwa mit Benzin, das viel zu teuer ist und außerdem stinkt. Nein, das Zwergenauto fährt mit Kakao und den bekommen sie regelmäßig von der Förstersfrau geschenkt, wenn sie mit ihrem Mann im Märchenwald nach dem Rechten sieht. Kakaobenzin hat den Vorteil, dass man es auch trinken kann. Wenn die Zwerge unterwegs Durst bekommen, halten sie einfach an, drehen den Tankhahn auf und trinken, bis sie genug haben.*

*Eines Tages beschließen sie, mit ihrem Auto an einen See zu fahren. Sie wollen baden und rudern. Pipifax weckt seine Brüder beizeiten. Sie frühstücken Selterswasserkuchen mit Schlagsahne, besteigen ihr Kakaoauto und ab geht's.*

*Drallifax sitzt hinter dem Lenkrad. Vor einem Bahnübergang müssen sie halten, weil die Warnblinkanlage Rot zeigt. Aha, hier wird also gleich ein Zug vorübersausen. Aber vorher passiert etwas ganz Schreckliches: Ein riesiger LKW – beladen mit 10 000 Dachsteinen – übersieht doch tatsächlich das kleine Zwergenauto und fährt ebenfalls bis an die Blinkanlage heran. Jetzt stehen unsere drei Ausflügler unter dem Lastwagen.*

*Pipifax steigt aus, rennt hinter dem Vorderrad des LKW auf die Straße und schreit: »Kannst du nicht aufpassen, du Depp? Du stehst über unserem Rennwagen. Fahr sofort zurück, sonst kippen wir dich in den Straßengraben!«*

*Der Fahrer traut seinen Augen und Ohren nicht, als er den kleinen Kerl so schimpfen hört.*
*»Willst du gleich still sein, du Rumpelstilzchen, sonst hänge ich dich als Verzierung an meinen Rückspiegel.«*
*In dem Augenblick kracht es so laut unter dem LKW, dass man denken könnte, es würde geschossen. In Wirklichkeit hat Glorifax einen riesigen Luftballon aus seiner Hosentasche gezogen und ihn mit Luft aus einem der großen LKW-Räder so lange aufgeblasen, bis er geplatzt ist.*
*Der LKW-Fahrer zittert und findet vor Angst den Rückwärtsgang nicht. Er schreit: »Lasst mich leben! Lasst mich leben!« Inzwischen hat Glorifax den nächsten Ballon aufgeblasen und wieder gibt es einen ohrenbetäubenden Knall.*
*Endlich gelingt es dem erschrockenen Mann, sein Auto um etwa fünf Meter zurückzusetzen, und siehe da, es kommt tatsächlich die kleine Straßenwanze unserer Zwerge zum Vorschein.*
*Inzwischen ist auch der Zug vorbeigerauscht. Pipifax springt zu seinen Brüdern ins Auto. Drallifax gibt Vollgas. Wie ein Pfeil fliegen sie davon.*
*Der LKW-Fahrer weiß nicht, ob er dieses Erlebnis nur geträumt hat oder ob es Wirklichkeit war. Vorsichtshalber bleibt er noch eine halbe Stunde am Bahnübergang stehen und zittert vor sich hin. Erst dann wagt er die Weiterfahrt.*
*Drallifax biegt in einen Waldweg ein und nach einer Viertelstunde sind sie schon am Ziel.*
*Am See ist richtig viel los. Mindestens tausend Menschen oder mehr liegen im Gras, rennen herum,*

*spielen Ball oder planschen im Wasser. Unsere drei Zwerge suchen sich ein schattiges Plätzchen unter einer Birke.*

*Unmittelbar neben ihnen lagert eine Mutti mit ihren vier Kindern. Die sind natürlich von den Zwergen hellauf begeistert. »Kommt ihr aus dem Märchenwald?«*

*»Ja, mit unserem Kakaoauto.«*

*Die Kinder können es nicht fassen. »Ein Kakaoauto? So etwas gibt es doch gar nicht.«*

*Die Zwerge zeigen es ihnen. Glorifax setzt sich ans Steuer und fährt mit jedem Kind eine Runde um den See. Alle Kinder auf einmal hätten nicht ins Auto hineingepasst.*

*Die Mutti hat inzwischen ein Boot gemietet und nun rudern die Kinder mit den Zwergen eine Stunde auf dem See herum. Als sie sich alle wieder unter der Birke einfinden, packt das jüngste Kind – Bine – sein Malzeug aus und malt Tiere auf ein weißes Blatt Papier. Als Erstes malt es eine Maus.*

*Pipifax lobt das Mädchen. »Du kannst sehr schön malen. Würdest du dich freuen, wenn die Maus plötzlich leben und hier herumspringen würde?«*

*»Oh ja. Das wäre herrlich. Aber das geht leider nicht.«*

*»Wenn ich es sage, geht es eben doch.«*

*Pipifax sieht die Maus auf dem Papier scharf an und – schwuppdiwupp! – springt sie plötzlich über die Wiese und einer Blondine, die nebenan im Gras liegt und sich sonnt, über den nackten Bauch. Die schreit: »Iiiii! Eine Ratte! Hilfe! Hilfe!«*

*Im nächsten Moment springen alle Badegäste wie verrückt herum, manche versuchen, auf einen Baum zu klettern, andere wickeln sich in ihre Decke. Nur die Mutti mit ihren Kindern und die Zwerge fürchten sich natürlich nicht und lachen Tränen. Pipifax pfeift. Da kommt die Maus ganz brav zurück und kriecht in das Papier. Die Blondine aber schreit noch immer um Hilfe!*
*Jetzt malt Bine einen Löwen und fragt die Zwerge: »Könnt ihr den auch lebendig machen?«*
*»Wir könnten schon. Aber das tun wir lieber nicht, sonst stirbt das Fräulein von nebenan vor Angst.«*
*»Dann male ich eben ein ganz kleines, süßes Miezekätzchen.«*
*Gesagt, getan. Pipifax sieht die Mieze ebenfalls scharf an und im selben Augenblick wird sie lebendig. Als die Blondine das Kätzchen erspäht, greift sie nach ihm und drückt es fest an ihr Herz. »Du liebes, kleines Miezekätzchen. Du bist das schönste Kätzchen der ganzen Welt. Dich gebe ich nie wieder her. Du darfst bei mir im Bett schlafen, von meinem Teller fressen und ich kaufe dir ein Glöckchen, das macht dann immer bim, bim, wenn du läufst.«*
*Doch Pipifax pfeift und die Mieze verschwindet genau wie die Maus im Papier. Die blonde Frau aber denkt, ihr Kätzchen sei nur davongesprungen. Sie läuft über die große Wiese, sucht hinter jedem großen Grashalm und ruft immerzu: »Wo ist denn mein liebes Schnuckikätzchen? Na, wo ist es denn?« Aber das Schnuckikätzchen bleibt verschwunden.*

*Darüber amüsieren sich die Kinder wieder köstlich. Es wird Zeit für die Zwerge, an die Heimfahrt zu denken. Sie verabschieden sich bei ihren Freunden und fahren mit dem Kakaoauto davon. Daheim angekommen fallen sie vor Müdigkeit gleich auf den Teppich und schlafen dort bis zum übernächsten Wochenende.«*

Eines Tages bettelte unsere Enkelin Gloria, inzwischen 16 Jahre jung: »Ach Opa, erzähl mir noch einmal eine Pipifax-Geschichte.«

Ich fing an zu erzählen. Doch kaum hatte ich damit begonnen, wurde ich weggerufen. Ich stand auf, lachte Gloria an und sagte im Davongehen: »Pech für dich. Machen wir es kurz. Pipifax fiel um und starb.« Gloria rannte entsetzt davon.

Wenige Minuten später kam ihr Bruder Camillo – 23 Jahre alt! –, baute sich vor mir auf und erklärte ganz ernsthaft: »Nein, Opa, du kannst den Pipifax nicht einfach sterben lassen. Da würde ja ein ganzes Stück unserer Kindheit mitsterben!«

Am nächsten Abend erzählte ich meiner erwachsenen Enkelin Gloria eine spannende Pipifax-Geschichte und sie lauschte genauso aufmerksam wie vor Jahren als kleines Kind auf meinem Schoß. Was sagt uns das?

# Hand aufs Herz ...

Es gehört zum Schicksal aller Väter und Großväter, dass sie von ihren heranwachsenden Kindern, Enkeln und ähnlich neugierigem »Lumpenpack« hochnotpeinlich nach ihren Flegeljahren befragt werden. Dabei gilt das Interesse nur den übelsten Dummheiten und den schauerlichsten Abenteuern. Dass ich bis zur dritten Klasse in Fleiß und Betragen eine Eins im Zeugnis hatte, will keiner hören.

Ich weiß! Es tröstet die Nachkommen, wenn sie erfahren, dass ihre Ahnen auch nicht als Musterknaben oder Mustermädchen heranreiften. Wir haben alle miteinander Mühe, das Richtige zu erkennen, das Gute zu tun und uns je länger, je besser als glaubwürdig zu bewähren. Nun gut, zur Belustigung, vielleicht aber auch als Wink mit dem Zaunpfahl will ich drei für mich sehr bedeutsame Erlebnisse aus der Zeit meiner Pubertät erzählen. Dabei folge ich den Fragen einer Gruppe von 14-Jährigen, die sie mir bei einem Pfänderspiel stellten und ohne deren ehrliche Beantwortung ich meinen Schuh nicht zurückbekommen hätte.

Ihre erste Frage: »Hand aufs Herz und nicht gelogen. Haben Sie, als Sie so alt waren wie wir, auch schon mal heimlich geraucht?«

Meine Antwort: »Ja.«

Woher ich meine erste Zigarette bekam, weiß ich nicht mehr. Heute ist ihre Beschaffung kein Problem, aber damals war es eins. Es gab nach dem Krieg Dringenderes zu tun, als Zigarettenfabriken wieder aufzubauen.

Ich verbarg meinen Glimmstängel wochenlang vor den Augen meiner Mutter, bis endlich die Gelegenheit zum Rauchen kam. Mutti fuhr für einige Tage nach Schrebitz zu Oma und Opa. Ich war allein! Es gab einiges zu bedenken. Keinesfalls dürfte ich in der Wohnung rauchen. Das würde Mutti bei ihrer Rückkehr riechen. Am Tag dürfte ich es auch nicht wagen. Es könnten mich Leute sehen, die mich verraten würden. So blieb nur die Nacht übrig und die kommt im Sommer spät.

Ich legte mir schon mal alles für das große Ereignis auf dem Küchentisch bereit: die Zigarette, Streichhölzer, eine Flasche Wasser für den eventuellen Hustenanfall und den Toilettenschlüssel, falls ich es plötzlich eilig haben sollte. (Das »gewisse Örtchen« lag damals außerhalb der Wohnung im Treppenhaus.)

Die dunkle Nacht brach an. Ich packte meine Utensilien und verließ das Haus durch die Hintertür. Das Günstigste war, auf den nahe gelegenen Friedhof zu gehen. Dort würde sich um diese Zeit keiner hinwagen. Ich ließ mich auf einer Bank nieder, steckte mir die Zigarette zwischen die Lippen, zündete das Streichholz an, hielt die Flamme an das kostbare »Räucherstäbchen« und sog vorsichtig daran. Als sich keine schlimmen Folgen meldeten, sog ich kräftiger, »auf Lunge«! Was dann kam, ist schwer zu beschreiben. Mir war, als würde eine Drahtbürste die Innenseiten meiner Atmungsorgane bearbeiten. Es kratzte und brannte entsetzlich! Der einsetzende Husten klang, als käme die

Lunge gleich hinterher. Ich befürchtete, das schlafende Dorf zu wecken. Zum Glück hatte ich die mit Wasser gefüllte Flasche. Ich trank Schluck für Schluck und das half.

Die Zigarette brannte noch. Ich zeigte Mut und rauchte weiter, Zug um Zug – einmal auf Lunge, einmal nur paffen, einmal auf Lunge, einmal nur paffen. Den Stummel versenkte ich – damit er nicht gefunden würde – in ein Erdloch, das ich mit dem Zeigefinger zwischen die Stiefmütterchen eines Grabhügels bohrte.

Mir war speiübel, darum machte ich mich schnellen Schrittes auf den Heimweg, schloss mich im Plumpsklosett ein und brachte mich für den Ernstfall in Stellung. Doch es tat sich in der nächsten Viertelstunde nichts, weder nach vorn noch nach hinten. Also ging ich ins Bett.

So vergnüglich sich das Ganze anhört, die Auswirkungen dieses ersten Versuches waren für mich gar nicht lustig, sondern folgenschwer. Von wegen »Einmal ist keinmal«! Dieses »einmal« entwickelte sich zu einer 26 Jahre währenden Abhängigkeit.

Zunächst kam ich aus den genannten Gründen nur selten an Zigaretten heran. Das änderte sich, als ich meine Arbeit als Hilfspfleger im Krankenhaus aufnahm. Patienten, denen ich eine Gefälligkeit erwies, schenkten mir dafür Zigaretten, die sie von Verwandten aus dem Westen – sprich der BRD – geschickt bekommen hatten. HB war die begehrteste Sorte. Sie sollte angeblich weniger Teer in den Lungen hinterlassen. Mir bescherte sie in kurzer Zeit schmerzhafte Magengeschwüre.

Das war für mich jedoch kein Grund, das Rauchen aufzugeben. Ich wusste, dass diese Dummheit Geld kostete, dass sie meiner Gesundheit und der Umwelt schadete und dass es bescheuert war, einen Glimmstängel nach dem anderen in mich hineinzuziehen und um mich herum in Rauch aufgehen zu lassen. Trotzdem zog ich erst als 40-Jähriger die Konsequenzen aus meiner Einsicht und wurde Nichtraucher. Ich muss es jedem selbst überlassen, auf meine Erfahrungen zu reagieren.

Die zweite Frage: »Hand aufs Herz und nicht gelogen. Haben Sie, als Sie so alt waren wie wir, Ihre Eltern auch belogen?«

Meine Antwort: »Ja.«

Am 8. Mai 1945 endete der furchtbare Krieg. Wer ihn überlebt hatte, war nun entweder invalide, ohne Heimat und Familie, ausgebombt, arm, hungrig oder alles auf einmal. Eine schreckliche Zeit!

Plötzlich tauchten in unserem Dorf große Wagen auf, von einem Bulldog gezogen. Drei alte Männer entluden die Fahrzeuge und schraubten aus zahllosen Holz- und Metallteilen eine Berg- und Talbahn zusammen. Das brachte die erste fröhliche Abwechslung in unseren traurigen Nachkriegsalltag.

Die Sache hatte für mich nur einen Haken. Einmal mitfahren kostete 20 Pfennig. Ich aber war arm. Unser durch Heimarbeit verdientes Geld reichte kaum für das tägliche Brot. Was also tun? Schwarzfahren! Immer dann, wenn die Männer alle Fahrgäste abkassiert hatten und im Kassenhäuschen verschwanden, um den Motor einzuschalten, sprang ich auf und fuhr mit.

Das gelang mir viele Male, bis ich doch einmal erwischt wurde. Der Chef fing mich beim Aussteigen ab, packte mich am Arm und zog mich hinter seinen Wohnwagen. »So, du Schurke! Jetzt bezahle! Schwarzfahrten sind teuer. Wie oft bist du aufgesprungen?«

»Nur das eine Mal.«

»Du lügst! Wie oft bist du aufgesprungen?«

»Zweimal.«

»Auch das ist gelogen. Du bezahlst zur Strafe fünf Mark.«

Ich heulte. »Wir haben kein Geld.«

»Das ist mir egal. Du bezahlst deine Strafe oder ich gehe mit dir zur Polizei.«

In meiner Angst bot ich ihm an, einen Einkaufskorb voll Äpfel zu bringen. Ein freundlicher Bauer hatte sie uns geschenkt. Meine Mutter war darüber sehr glücklich gewesen, denn im Laden gab es damals kein Obst zu kaufen.

Der Mann ging darauf ein. »In spätestens einer halben Stunde bist du mit den Äpfeln hier. Wenn nicht, komme ich zu deinen Eltern.« (Ein kleiner Junge hatte ihm meinen Namen verraten.)

Jetzt hieß es schwindeln, was das Zeug hielt. Ich kam zu meiner Mutter und schilderte ihr die angebliche Armut und den Hunger der Schaustellerleute so überzeugend, dass sie meiner Bitte folgte, ihnen die Äpfel zu überlassen, obwohl wir sie selbst nötig gehabt hätten. »Mein lieber Junge, du hast ein gutes Herz. Das freut mich und ganz gewiss freut es auch Gott. Nimm den Korb und bringe ihn den Leuten.«

Ich war glücklich über den Erfolg meiner Lügen und

kam – zumindest damals – nicht auf den Gedanken, mich ihrer zu schämen.

Geholfen ist damit niemand, wenn er nun weiß, dass ich in meiner Jugend lügen konnte wie gedruckt. Aber auch das sollen meine Leser wissen: Ich könnte heute kein fröhlicher Alter sein, wenn ich nicht wüsste, dass Jesus Christus den Müll meines Lebens – und dazu gehört wesentlich mehr als die Lüge von einst – mit seinem Opfertod am Kreuz entsorgt und mir abgenommen hat. Ich lebe im Frieden mit Gott.

Die dritte Frage: »Hand aufs Herz und nicht gelogen. Haben Sie sich, als Sie so alt waren wie wir, auch schon mal verliebt?«

Meine Antwort: »Ja.«

Meine erste »große Liebe« hieß nicht Sigrid – wie seit 50 Jahren meine Frau –, sondern Susi. Susi war dreizehn, ich vierzehn. Ich begegnete Susi im Spätsommer des Jahres 1945 in den Ferien bei meinen Verwandten auf dem Land. Meinem Onkel gehörte eine Fleischerei. Im Hof neben der Schlachthaustür lehnte ein Fahrrad und neben dem Rad stand das blonde Mädchen Susi, die Schulfreundin meiner Cousine Lore. Sie scherzte mit dem Fleischergesellen.

Susi sollte um 17 Uhr daheim sein, weil ihre Mutter das Rad brauchte. Lore drängelte: »Fahr endlich los. Deine Mutter wartet!« Doch Susi hatte offensichtlich keine Lust heimzufahren. »Ich fahre nur, wenn mich einer aufs Rad hebt.«

Der Geselle lachte und zeigte auf mich. »Gerhard wird das besorgen. Los! Pack die Kleine und tu ihr den Gefallen.«

Ich musterte Susi, schätzte sie als Leichtgewicht ein, packte sie fest mit beiden Händen, hob sie hoch und in weniger als zehn Sekunden saß sie auf dem Rad. Doch diese kurzen Augenblicke lösten in mir einen weit größeren Überraschungseffekt aus, als ihn Kolumbus bei der Entdeckung Amerikas erfahren hatte.

Susi war trotz ihrer dreizehn Jahre kein Kind mehr, sondern ein reizvolles Geschöpf auf dem Weg zur Frau. Als ich ihr gegenübertrat, um sie auf das Rad zu setzen, trafen sich unsere Blicke. So hatte mich noch kein Mädchen angesehen. Mit solchen Augen muss die Hexe Hänsel und Gretel verführt und in ihr Haus gelockt haben. Dazu kam, dass ich bisher noch nie ein Mädchen berührt hatte. Jetzt aber, bei dieser Aktion, musste ich kräftig zupacken. Susi trug ein leichtes, kurzes und weit ausgeschnittenes Sommerkleid. Als ich sie aufs Rad hob, verschob sich ihr Dekolleté so (un)-günstig, dass ich für einen Moment die volle Lieblichkeit weiblicher Reize zu sehen bekam, die ein Mädchen zwischen Hals und Bauchnabel zu bieten hat.

Diese völlig neuen Eindrücke wirkten auf mich unerfahrenen Knaben wie Blitze, die durch mein Gehirn, Herz und alles, was einen Mann zum Manne macht, zuckten. Lore klärte mich hinterher auf, es habe sich um »erotische Blitze« gehandelt. »Sieh dich bei Susi vor. Die ist frühreif und hat es faustdick hinter den Ohren.«

Trotz dieser Warnung träumte ich Tag und Nacht nur noch von Susi, in die ich mich auf der Stelle verliebt hatte. Diese Liebe würde unter Garantie ewig dauern!

Susi besuchte mich nun täglich mit dem Fahrrad. Wir

hatten uns viel zu erzählen, spielten »Fangen« und »Verstecken« und zum Schluss hob ich sie immer auf ihren Drahtesel. Das hätte endlos so weitergehen können. Doch es kam anders. Der letzte Ferientag brach an, ein Sonntag. Meine Cousine fragte ihren Vater, ob sie das Pferd Fritz aus dem Stall holen, vor die Kutsche spannen und mit mir ein Stück ausfahren dürfe. Er erlaubte es.

Ich fragte sie: »Wohin fahren wir denn?«

»Wohin wohl? Zuerst zu Susi und dann mit ihr durch die Felder.«

Mein Herz schlug Purzelbäume. Susi wollte gerade wieder mit dem Rad zu mir kommen. Sie ließ es einfach fallen und sprang mit kühnem Satz in die Kutsche und mir auf den Schoß. Lore – auf dem Kutschbock etwas erhöht vor uns sitzend – ließ das Pferd im Galopp anlaufen. Susi schlang ihre Arme um meinen Hals und schrie: »Halt mich fest, sonst flieg ich raus!« Ich wusste gar nicht so schnell, wo und wie ich sie am sichersten packen könnte. Überall gab es an dem Mädchen etwas, was ich nicht anzufassen wagte. Plötzlich kamen ihre Lippen meinem Mund so nahe, dass ich vor Schreck einen Hustenanfall erlitt. Der hielt an, bis ihr der Appetit auf einen Kuss verging. Sie machte sich mit einem Ruck von mir los und unterhielt sich nur noch mit Lore.

Statt eines Abschiedsgrußes gönnte sie mir einzig und allein die vier kurzen, aber aufschlussreichen Worte: »Du bist zu blöd!«

Damit endeten meine Ferien und meine erste »große Liebe«, von der ich überzeugt gewesen war, sie würde ewig dauern. Der Schmerz über diesen Verlust verging schneller, als ich es für möglich gehalten hatte. In Zukunft begegnete ich solchen in mir auflodernden Gefühlen mit größerer Aufmerksamkeit und Vorsicht.

Immerhin war ich mit Susis Hilfe den ersten Schritt in das Reich der Liebe und der Partnerschaft gegangen. Dem folgten der zweite Schritt mit Ursel und der dritte mit Christiane, die mir bereits bei meinem ersten Annäherungsversuch einen Korb gab. Doch auch diese Erfahrung war für mich wichtig. Den vierten Schritt ging Isabel mit mir und mit jedem Schritt lernte ich Neues hinzu.

Als fünfte Favoritin tauchte Sigrid auf und seitdem habe ich die Schritte nicht mehr gezählt.

Ich brauchte eine lange Anlaufphase bis zu unserem ersten Kuss, und Sigrid räumte sie mir auch ein. Danach wussten wir beide, dass es solche und noch intimere Nähe bei vorangegangenen Freundschaften nicht gegeben hatte. Wir hatten beide die Entscheidung getroffen, nach Gottes und unserem eigenen Willen nur dem *einen* Partner ganz und für immer zu gehören. So blieb uns gemeinsam die Freude und die Mühe, aufeinander zuzuwachsen und mit Leib und Seele lebenslang *eins* zu werden. Dieses Miteinander trägt uns bis heute durch gute und kritische Zeiten. Es hat sich gelohnt, aufeinander zu warten!

Als das Pfänderspiel beendet war, meinte ein Junge: »Schade, dass Sie nur ein Pfand einlösen mussten. Ich hätte Sie gern noch gefragt, ob Sie auch mal mit einer ordentlichen Tracht Prügel bestraft wurden.«

Meine Antwort: »Ja! Und das nicht nur einmal.«

Am eindrucksvollsten sind mir die Hiebe geblieben, die mir mein Vater verpasste, als ich mit neun Jahren das Klo so geschickt von außen verriegelt hatte, dass kein Mensch mehr hineinkam und drei jammernde Gestalten vor der verschlossenen Tür von einem Bein auf das andere hüpften. Schluss! Mehr verrate ich nicht.

# Der Klavierhocker

Martin und Angelika feierten ihre Silberhochzeit. Alle, die zu den Sippschaften Wilde und Fischer gehörten, waren angereist und feierten mit. Sigrid ging es nicht so gut, dass sie hätte lange sitzen und im Zug herumgeschaukelt werden können, darum hatte Martin uns mit dem Auto zu sich geholt.

Obwohl das Haus schon von Gästen überquoll, wurden wir fürstlich untergebracht. Sigrid durfte im Erdgeschoss die kleine Wohnstube beziehen, ich bekam im ausgebauten Dachgeschoss das für mich schönste Gästezimmer. Es war Spitze und wir blieben drei Wochen!

Höhepunkt dieser Zeit war selbstverständlich der Silberhochzeitstag, die Einsegnung in der Kirche und das anschließende Fest in einem sehr schönen Restaurant.

Nun trägt dieses Kapitel aber nicht die Überschrift »Silberhochzeit«, sondern »Klavierhocker«. Worin besteht also der Zusammenhang zwischen diesen beiden Dingen?

In Sigrids Zimmer stand unter anderem mein elterliches Klavier samt dem dazugehörenden lederbezogenen drehbaren Hocker. Wenn ich bei Sigrid saß, hatte ich diese beiden Möbelstücke meiner Kindheit nahe vor Augen.

Wie das bei alten Leuten so ist, wurden in mir Erinnerungen wach. Das Klavier mochte ich nur, wenn mein Vater es spielte. Der beherrschte das Instrument im wahrsten Sinne des Wortes. Seine Finger tanzten über die Klaviatur und zauberten Musik in den Raum, die ins Blut ging. Noten benötigte er nur in Ausnahmefällen.

Wie sich ein Mensch mit zehn Fingern gleichzeitig auf so vielen nahe beieinander liegenden Tasten zurechtfinden kann, ohne dabei ein Chaos anzurichten, ist mir bis heute ein Rätsel geblieben.

Mein Vater kannte allerdings des Rätsels Lösung: »Übung macht den Meister.« Als alter Mann weiß ich, dass dies stimmt. Aber es stimmt eben nicht für Kinder, denen »Übung« genauso ekelhaft schmeckt wie Spinat, Graupen oder Stinkerkäse. Ich gehörte zu diesen Kindern.

Mein guter Vater wollte, dass ich Klavierspielen lernte. Er wollte es mich selbst lehren. Das war mein Glück! (So meinte ich damals!) Mein Vater war von Beruf Lehrer, zugleich Schulleiter für zwei Schulen, Kantor und Chorleiter für den Kirchenchor und den gemischten Chor im Ort, Blockleiter der Partei und er schrieb für den Parteisekretär die Reden zum Ersten Mai, zu Hitlers Geburtstag, zum Heldengedenktag und was die Nazis noch so feierten. Mit anderen Worten: Mein Vater war sehr beschäftigt.

Die Klavierübungsstunde hatte er auf Dienstag, 16.30 Uhr, gelegt. In der Anfangszeit kam mein Vater pünktlich ins Wohnzimmer, ich dagegen mit Verspätung und schmutzigen Fingern. »Das nächste Mal kommst du früher und wäschst dich ordentlich!«

Wenige Wochen später erklärte mir mein Vater am Mittagstisch: »Heute Nachmittag muss ich ins Rathaus zur Sitzung. Wir holen die Klavierstunde morgen nach.« Meistens kam »morgen« wieder etwas dazwischen.

So unregelmäßig lief das etwa zwei Jahre, bis das Klavierspielen endlich kein Thema mehr war.

Ich schätzte mich glücklich, wie das bei Kindern eben so ist. Lehrer wollte ich sowieso nicht werden, Kantor gleich gar nicht. Förster war mein Traumberuf und der braucht kein Klavier, sondern einen Hund und ein Gewehr.

Die Jahre vergingen. Die Nazis auch. Als Sohn eines hitlertreuen Vaters wurde mir das Abitur verwehrt und damit auch meine Försterei. Es kam für mich alles ganz anders als gedacht.

Ich ließ mich in Moritzburg zum Diakon ausbilden, zum »Kellner in Gottes Stammlokal«.

Meine erste Anstellung erhielt ich in Plauen im Vogtland, in der Markusgemeinde. Dort empfing mich der Kirchenvorstand mit der Frage nach meinen musikalischen Fähigkeiten: »Spielen Sie Klavier, Herr Fischer?«

Diese Frage verfolgte mich seitdem wie ein Albtraum durchs Leben. Es fragten mich meine Christenlehrekinder: »Spielen Sie Klavier, Herr Fischer?«

Es fragten mich die Zirkusleute bei HEIN und bei PROBST und bei PROSCHO, wenn es um Festlichkeiten wie Geburtstage oder Hochzeiten ging: »Spielen Sie Klavier, Herr Fischer?«

Überall standen diese Klimperkästen herum und grinsten mich an: »Na, und warum spielst du nicht Klavier, Herr Fischer?« Es gibt darauf nur eine Antwort: Weil ich zu faul zum Üben war. Zu spät!

Natürlich könnte ich jetzt sagen: »Ich bin auch ohne Klavierspielen ganz gut durchs Leben gekommen.« Aber ich muss zugeben, dass ich meinen Dienst als Gemeinde- und Zirkuspfarrer mit dem Klavier wesentlich attraktiver hätte gestalten können. Außerdem wäre es für die Hausmusik unserer Familie nützlich gewesen. Sigrid spielt sehr gut Flöte und hat versucht, es auch unseren Enkeln beizubringen. Ich konnte mich an den Konzerten nur mit der Mundharmonika beteiligen. Die spielte ich schon als Kind ohne Training.

So ist das nun im Leben. Meine Schwester hatte denselben Klavierlehrer und mit ihm die gleichen Probleme wie ich. Sie aber übte wie ein Weltmeister und erinnerte den Vater ständig an die noch überfälligen Klavierstunden. Aus ihr wurde zwar keine Konzertpianistin, aber eine gute Klavierspielerin für den Hausgebrauch. Nachdem sie jedoch mit 18 Jahren das Elternhaus verlassen hatte, haben ihre Finger nie wieder eine Klaviertaste berührt. Umsonst geübt!

Jetzt saß ich also vor diesem ungeliebten Instrument meiner Kindertage und gedachte der qualvollen Stunden, in denen ich schwarze Punkte mit meinen Fingern in Musik hatte umsetzen sollen.

Zum Glück gab es den Klavierhocker. Schon als ich noch ganz klein war und nicht ahnte, welches Martyrium mir das Klavier bescheren würde, liebte ich ihn mindestens ebenso wie meinen Teddy. Er ließ sich nach oben oder nach unten drehen. Mit ihm konnte ich in Minutenschnelle ein Stück wachsen. Als Kind wünscht man sich doch sehnlichst, schnell groß zu werden. Ich schob ihn an den Tisch, drehte ihn hoch, bis es nicht mehr weiterging, bestieg ihn und erreichte damit die Höhe meiner Eltern, während meine vier Jahre ältere Schwester tief unter mir saß.

Ich ließ mich aber auch manchmal auf der Fußbank vor dem Drehhocker nieder und benutzte ihn als Lenkrad meines Omnibusses. »Brrr« – dieses Motorengeräusch durfte sich meine Familie stundenlang anhören, denn ich fuhr meist weite Strecken, die nur aus Kurven bestanden, damit das Lenkrad voll zum Einsatz kam. Ich fuhr bis in unser Urlaubsquartier auf der Ostseeinsel Usedom, nach Dresden oder Schrebitz zu unseren Verwandten, ich fuhr aber auch zu Rapunzels Turm, zu Rotkäppchens Großmutter und ich besuchte Schneewittchen bei den sieben Zwergen.

Ein paar Jahre später freilich bekam der arme Hocker meine Fußtritte gegen seine Beine zu spüren, wenn ich mit Wut im Bauch den »Fröhlichen Landmann« übte. Er blieb dennoch mein Freund.

Als ich ihn jetzt in Marxdorf besuchte, streichelte ich ihn mehrmals liebevoll, das Klavier aber auch, denn ich hatte ihm Unrecht getan. Aber sagt das mal einem Kind!

# Harte Brocken

Harte, aber sehr heilsame Brocken gaben mir Menschen zu kauen, die kurzzeitig meinen Weg kreuzten, auf Nimmerwiedersehen verschwanden und doch unauslöschliche Spuren hinterließen. Sie verdienen es, hier erwähnt zu werden.

Als Zwölfjähriger fuhr ich täglich – außer sonntags – mit dem Zug nach Olbernhau in die »Oberschule für Jungen«. Wir Pendler belegten im Zug mindestens zwei Abteile, in denen es laut und derb zuging, sehr zum Ärger mitreisender Fahrgäste.

Wieder einmal hatten wir uns auf der Heimfahrt etwas auffällig benommen. In Heidersdorf stieg ich aus. Da öffnete ein fremder Mann sein Abteilfenster und rief: »Hallo! Wie heißt du?«

»Gerhard.«

»Nein, mit Nachnamen.«

»Fischer.«

Der Zug fuhr schon langsam an. »So, Fischer heißt du? Dann waren deine Vorfahren, von denen in der Bibel geschrieben steht, sehr anständige und geachtete Leute, was man von dir leider nicht sagen kann. In Zukunft benimmst du dich wie ein Fischer vom alten Adel! Verstanden?« Er winkte mir.

Der Zug fuhr schneller. Hinter der Kurve verschwand der Mann für immer aus meinem Blickfeld, niemals aber seine Ermahnung aus meinem Gedächtnis.

Als Moritzburger Diakonenschüler – 21 Jahre jung –

hatte ich an einem trüben Novembersonntag meine Tante Friedel in Dresden besucht. Der letzte Zug nach Moritzburg fuhr um 23.10 Uhr beim »Weißen Ross« ab. Ein paar Minuten vorher kam ich auf den Bahnsteig und traute meinen Augen nicht, als ich gerade noch die Schlusslichter der Kleinbahn zu sehen bekam.

Eine junge Frau, etwa in meinem Alter, stand da und guckte genauso dämlich wie ich. »Wolltest du auch mitfahren?«, fragte sie mich.

»Freilich wollte ich das.«

Sie stampfte ärgerlich mit dem Fuß auf. »Die sind mindestens fünf Minuten zu früh abgehauen. Die spinnen wohl. Wie komme ich jetzt nach Moritzburg?«

»Dorthin will ich auch.«

»Und wie kommst du hin?«

»Uns wird nichts anderes übrig bleiben, als zu Fuß zu gehen. Der kürzeste Weg ist auf den Schienen. Von Schwelle zu Schwelle.«

»Jetzt, in stockdunkler Nacht?«

»Was wollen wir sonst tun? Wenn wir uns beeilen, sind wir in einer Stunde daheim.«

Sie sah mich prüfend an. »Ich soll mit dir allein durch die Nacht laufen?«

Das Licht der einzigen Lampe, die noch auf dem Bahnsteig brannte, fiel auf das Kreuz am Revers meiner Jacke. Sie zeigte darauf und fragte: »Bist du echt?«

»Freilich. Echt Silber.«

»Quatsch. Ich will wissen, ob du echt bist, ob du es damit ehrlich meinst.«

»Ja.« Ich wollte noch hinzufügen, dass es mir leider nicht immer gelinge.

Sie fiel mir aber ins Wort: »Dein Ja genügt. Komm, wir gehen.«

Im Gespräch erfuhr ich, dass sie als Erzieherin im Jugendwerkhof Moritzburg beschäftigt war. Fromm war sie nicht, doch sie wusste viel von Jesus und meinte, wer zu dem gehöre, der müsse ganz einfach brav sein. Das Vertrauen dieses nicht gläubigen Mädchens galt viel weniger mir als *ihm*, Jesus!

Es war in der Finsternis ein mühsames Vorwärtskommen auf den Bahnschwellen. Am Ziel angelangt, verabschiedeten wir uns. Ich begegnete ihr nie wieder. Unvergessen blieb mir jedoch ihre Vertrauensfrage: »Bist du echt?«

Einmal lag ich im Krankenhaus Erlabrunn und war wenige Tage vorher an der Prostata operiert worden. Die Stationshilfe – klein, rund und schief, aber mit zwei freundlich blickenden Augen – räumte das Abendbrotgeschirr ab. »Sie haben wieder nichts gegessen, Herr Fischer.«

»Ich kann nicht. Sobald ich etwas hinunterschlucke, kommt es postwendend zurück.«

»Wenn ich das schon höre: ›Ich kann nicht.‹ Der Doktor hat zwar an Ihnen herumgeschnippelt, aber den Magen hat er dringelassen. Also können Sie auch essen! Sie sagen mir jetzt, worauf Sie Appetit haben, und das bringe ich Ihnen. Ich höre!«

Sie sagte das in einem Ton, der keinen Widerspruch zuließ. Mir fiel tatsächlich etwas ein: »Rührei!«

Minuten später servierte sie es mir und blieb so lange an meinem Bett stehen, bis ich es gegessen hatte. »Sollten Sie irgendwann und irgendwo wieder einmal der Meinung sein: ›Ich kann nicht‹, dann braten Sie sich ein Rührei!«

An einem Samstagnachmittag fuhr ich durch Brandenburg zum Zirkus ALBERTI. Eben noch war mein Wartburg brav gefahren, plötzlich blieb er stehen.

Ich hielt ein Auto an. Der Fahrer hatte Mitleid mit mir und schleppte mich bis in die nächste Stadt zu einer Autowerkstatt ab. Ich klingelte. Eine Frau, wie zum Ausgehen angezogen, öffnete.

»Guten Tag. Ist Ihr Mann zu sprechen?«

»Nein, ist er nicht! Es ist 15 Uhr an einem Sonnabend! Wir haben geschlossen und sind schon so gut wie fort!«

Da kam ihr Mann, in gutem Anzug und Schlips. »Was ist denn?«

Die Frau wollte ihn beiseite schieben, was ihr jedoch nicht gelang. Umso bedrohlicher klang das, was sie sagte: »Untersteh dich, mich jetzt wieder zu versetzen. Du hast mir dieses Wochenende fest versprochen!«

»Ich seh nur mal nach, was an seinem Auto los ist. Manchmal genügt ein Handgriff.«

Er ging mit mir auf die Straße. Die Frau schrie hinter uns her: »Das ertrag ich nicht mehr! Ich bin auch mal dran, nicht immer nur die blöden Autos!«

Er guckte unter die Motorhaube, griff hierhin und dahin, ließ mich starten. Nichts. Doch er hatte den Schaden gefunden. »Hm, das dauert seine zwei Stunden. Wohin willst du denn?«

»Nach Rathenow.«

»Du liebe Zeit. Das ist ja noch ein ganzes Stück.«

»Ja. Und morgen, am Sonntag, hilft mir auch keiner.«

Inzwischen war uns die Frau nachgekommen. »Jochen! Ich warne dich!«

»Schatz, geh schon vor. Ich komme ganz bestimmt nach.«

»›Schatz‹! ›Schatz‹! Ich pfeife auf den ›Schatz‹. Ich will dir endlich auch mal wichtig sein.« Sie lief weinend davon.

Ich hatte ein ganz schlechtes Gewissen. Trotzdem war ich froh, dass er mir half. Er sagte: »Geh irgendwohin und komm in zwei Stunden wieder. Hier hältst du das jetzt nicht aus. Sie hat ja Recht. Aber was soll ich machen? Dich sitzen lassen?«

Ich ging. In der Stadt fand ich ein Lebensmittelgeschäft, das um diese Zeit natürlich auch schon geschlossen hatte. Da es sich aber um einen Privatladen und nicht um einen Konsum oder HO handelte, klingelte ich an der Haustür. Wieder öffnete mir eine Frau. Ich erklärte ihr, dass ich dringend eine große Schachtel Pralinen kaufen wolle.

»Ihnen ist wohl zu spät eingefallen, dass die Gattin Geburtstag hat?«

»Oh nein. Ich brauche das Geschenk für eine fremde Frau, die ich sehr erzürnt habe.« Und nun erzählte ich, was los war.

»Ja, die Ines ist eine ganz Liebe, aber sie hat es schwer. Ihr Mann ist zu gutmütig mit seinen Kunden. Er kennt keinen Feierabend und erst recht kein freies Wochenende.«

Ich erstand eine Schachtel Pralinen vom Feinsten. Nach zwei Stunden suchte ich die Werkstatt auf. Der Meister fuhr eben mein Auto auf die Straße. Ich bedankte mich, bezahlte und gab reichlich Trinkgeld und fragte nach seiner Frau.

»Zu der geh lieber nicht.«

Da kam sie schon. »Frau Ludwig, ich schäme mich vor Ihnen. Sie sind mit Recht böse auf mich. Bitte verzeihen Sie mir und Ihrem Mann.« Während ich das sagte, schob ich mit zitternder Hand die große Schachtel Konfekt unter ihren Arm.

Sie sah mich verächtlich an. »Am liebsten würde ich sie Ihnen einzeln an den Kopf werfen. Doch es wäre sinnlos. Männer begreifen nicht. Kennen Sie den ersten Satz der Straßenverkehrsordnung?«

»Ja. ›Vorsicht und gegenseitige Rücksichtnahme sind die Grundregeln für das Verhalten im Straßenverkehr.‹«

»Gut gelernt! ›Gegenseitige Rücksichtnahme‹! Wie wär's, wenn Sie die auch denen zukommen ließen, die Ihnen tagtäglich einfach so über den Weg laufen? Bedenken Sie das mal, Herr Kunde!«

Dann wandte sie sich ihrem Mann zu und schrie: »Sie auch, Herr Ludwig!«

Ohne uns noch eines Blickes zu würdigen, drehte sie sich auf dem Absatz um und lief davon, eine unauslöschliche Spur in mir zurücklassend.

# … das habt ihr mir getan

Es gibt noch mehr Menschen, die es schafften, mir unvergesslich zu bleiben, obwohl ich ihnen nur ein einziges Mal begegnete und ihre Namen nicht kenne.

1956 arbeitete ich als Gemeindediakon in Kesselsdorf bei Dresden. Zum Kirchspiel gehörten vier Dörfer, in denen ich Christenlehre zu halten hatte. Anfangs legte ich die Wege zu Fuß zurück, später mit einem Fahrrad.

Ein volkseigener Betrieb in Suhl baute die ersten Nachkriegsmopeds – Stückpreis 1000 Mark. Damit würde ich es sehr viel leichter haben. Doch wer sollte das bezahlen?

Mein Verdienst war äußerst gering. Sigrid, unser Familienfinanzminister, musste sehr sparsam wirtschaften, um auch am Monatsende noch ein Brot kaufen zu können. Das Diakonenhaus Moritzburg überließ uns ein zinsloses Darlehen. Sigrid sparte noch intensiver und wagte mir zuliebe diesen Kauf. Vorläufig wurde nur Ostberlin mit den Mopeds beliefert. Mein Schwager Klaus wohnte dort und hatte Beziehungen. Er besorgte mir das motorisierte Zweirad.

An einem Frühlingssonnabend fuhr ich mit dem Zug nach Berlin und holte das Moped ab. Der Verkäufer wusste, dass ich aus der Nähe Dresdens kam, und riet mir, den Motor langsam einzufahren. »Legen Sie auch öfter mal eine Pause ein.«

Also zottelte ich mit 30 Stundenkilometern die

Autobahn entlang. Damals ging das noch! Da wagten sich sogar Fußgänger auf den asphaltierten Verkehrsweg. Man hätte getrost Kühe darauf treiben können. Autos traf man selten.

Nach einer letzten Tankfüllung besaß ich noch ganze drei Mark, um bis nach Hause zu kommen. Inzwischen war es Abend geworden. Ich verließ die Autobahn und fand in einem Dorfgasthof ein Nachtquartier. Die Wirtin überließ es mir für meine letzten drei Mark. Mehr waren die Kammer und das Lager auch nicht wert. Ein Abendbrot und das Frühstück konnte ich mir allerdings nicht mehr leisten.

Am nächsten Morgen fuhr ich mit nüchternem Magen weiter. Doch mir war vor Hunger so übel, dass ich befürchtete, von meinem Moped zu fallen. Also verließ ich zum zweiten Mal die Autobahn, bog in das nächste Dorf ein und hielt vor dem erstbesten Haus an. Eine Frau trat aus der Tür.

Betteln war nicht mein Ding, aber was blieb mir anderes übrig? Ich wusste, dass in diesen Zeiten jeder froh war, wenn er für sich selbst das Nötigste zum Sattwerden hatte. Die Nachkriegsjahre gingen als »Hungerjahre« in die Geschichte ein.

Ich schilderte der Frau kurz meine Lage und bat sie um eine Scheibe trockenes Brot oder um ein paar gekochte Kartoffeln. »Warten Sie hier. Ich komme gleich wieder.«

Nach etwa fünf Minuten kam sie zurück und gab mir mit zitternden Händen zwei dünn mit Quark bestrichene Schnitten. »Hier, nehmen Sie die. Mehr habe ich nicht, aber ich gebe Sie Ihnen gern.« Noch nie hatte ich

Brot mit solcher Andacht gegessen wie hier auf der Dorfstraße. Ich wusste: Die Frau hatte es sich vom Munde abgespart.

Dieses Brot wird in der Ewigkeit noch einmal von Bedeutung sein, wenn Jesus der Frau erklärt (Matthäus 25,35.40): »Ich bin hungrig gewesen und du hast mir zu essen gegeben. Was du getan hast einem von diesen meinen geringsten Büdern, das hast du mir getan.«

1975 begann ich meinen Dienst als Pfarrer in Falkenau. In den ersten Monaten hatte ich Mühe, den Übergang von der Zirkus- zur sesshaften Ortsgemeinde zu verkraften. Sigrid unterstützte mich nach Kräften und schließlich lebte ich mich doch ein.

Nach und nach lernte ich die Nachbargemeinden kennen. Wir halfen uns gegenseitig in den Bibelwochen. Jeder Pfarrer übernahm nach Absprache einen Bibelabend und besuchte damit die umliegenden Orte.

Ich besaß als einziger Pfarrer weit und breit kein Auto, nicht mal einen Trabi. Meinen Dienst-Wolga aus der Zirkuszeit hatte ich in Radebeul abgegeben. Für Falkenau war kein Auto nötig. Der Ort war klein und die Verkehrsverbindungen ins Umland waren gut.

So fuhr ich eines Abends mit der Erzgebirgsbahn nach Borstendorf zum Bibelabend. Nach der Veranstaltung saß ich noch eine halbe Stunde mit dem Pfarrersehepaar zusammen. Da es draußen kalt war und stark regnete, brachte mich der Mann mit seinem Auto zum Bahnhof. Dort standen zwei Züge. Einer fuhr nach Pockau, der andere nach Flöha.

Kaum hatte ich den Zug bestiegen, den ich für den richtigen hielt, da setzte er sich auch schon in Bewegung, fünf Minuten zu früh. Ich wurde unsicher und fragte die Schaffnerin: »Fährt dieser Zug nach Flöha?«

»Nein, der fährt nach Pockau.«

»Ach, du grüne Neune!« Ich rollte in die falsche Richtung. Was nun? Die Schaffnerin riet mir davon ab, beim nächsten Halt auszusteigen. »Da stehen Sie dann mitten im Wald und laufen möglicherweise wieder in die falsche Richtung. Fahren Sie bis Pockau. Dort haben Sie im Bahnhof wenigstens ein Dach über dem Kopf und können morgen früh mit dem ersten Zug heimfahren.«

Das waren ja nette Aussichten! Trotzdem sah ich ein, dass es besser wäre, ihrem Rat zu folgen, als in fremder Gegend auszusteigen und bei dem Sauwetter auf Schusters Rappen durch die Nacht zu wandern.

In Pockau angekommen, klopfte ich beim Bahnhofsvorsteher. »Was kann ich machen? Ich bin versehentlich in den falschen Zug gestiegen.«

»Sie können bis morgen früh im Warteraum sitzen und um 5.10 Uhr nach Falkenau fahren.«

»Da drüben steht doch ein Güterzug. Fährt der heute Nacht nach Chemnitz?«

»Ja, in einer Viertelstunde fährt er ab. Aber da dürfen Sie nicht mitfahren.«

»Ich will ja bei dem Mistwetter nicht auf einem offenen Waggon sitzen und in Falkenau abspringen. Vielleicht lässt mich der Lokführer in seine Kabine?«

»Niemals! Das ist strengstens verboten.«

»Ach bitte, lassen Sie es mich doch wenigstens versuchen.« Ich muss ihn sehr flehentlich angesehen haben, denn plötzlich lenkte er ein und sagte: »Machen Sie, was Sie wollen. Ich weiß von nichts.«

Also ging ich los. Der Güterzug schien endlos zu sein. Ich musste 31 Waggons abschreiten, bis ich endlich an die Diesellok kam. Der Lokführer hatte mich schon entdeckt und fragte aus seinem Fenster heraus: »Was willst du denn hier nachts auf den Gleisen?«

»Ach, Herr Lokführer, ich bitte Sie herzlich, mich bis Falkenau mitzunehmen. Ich bin in den falschen Zug gestiegen und stehe nun hier im Regenwetter. Bitte, geben Sie Ihrem Herzen einen Stoß und nehmen Sie mich mit.«

»Das darf ich nicht, selbst wenn ich es wollte.«

Er wandte sich nach drinnen und sprach mit einem zweiten Mann, den ich noch gar nicht bemerkt hatte. Schließlich kam er ans Fenster zurück. »Komm hoch, aber mucks dich nicht.«

Er öffnete die schmale Tür. Ich kletterte ins Fahrerhaus, gab beiden Männern die Hand und bekam einen am Boden festgeschraubten Hocker zum Sitzen angewiesen.

Schweigend verfolgte ich alles, was um mich her geschah. Nach wenigen Minuten wurde mit grünem Licht die Strecke freigegeben. Der Zug setzte sich langsam in Bewegung. Die beiden Männer sagten jedes Signal laut an. So war gewährleistet, dass der Lokführer nichts übersähe.

Bevor wir nach Falkenau kamen, kramte ich mein Portemonnaie aus der Hosentasche. Es ließ sich unschwer erraten, was ich damit vorhatte. Der eine Mann bemerkte es. »Wenn du das nicht ganz schnell wegsteckst, lassen wir dich bis Zwickau mitfahren. Dann siehst du alt aus!«

In Falkenau brachten sie – verbotenerweise – den Zug zum Stehen und entließen mich in den strömenden Regen. Mein ehrliches »Danke schön« quittierten sie mit den Worten: »Hau ganz schnell ab und lass dich bei uns nie wieder sehen!«

Sigrid hatte längst auf mich gewartet. Ich erklärte ihr, warum ich mich verspätet hätte, und beschrieb die Kundenfreundlichkeit der Deutschen Reichsbahn (wie das Unternehmen in DDR-Zeiten noch hieß): »Sie haben extra für mich einen Sonderzug fahren lassen.«

Da der Lokführer von damals jetzt mindestens 80 Jahre alt sein müsste, wage ich es, öffentlich davon zu erzählen, wie er damals mir zuliebe gegen die Vorschrift gehandelt hat.

Jesus sagt in Matthäus 25 zwar nicht: »Ich stand pudelnass und obdachlos auf einem Bahnhof und du hast mich als blinden Passagier befördert«, aber ich denke, es gilt trotzdem: »Was du diesem armen Dummkopf getan hast, das hast du mir getan.«

Diesen und noch vielen anderen Menschen, deren Sinne Gott mit seiner Liebe füllte (Römer 5,5!) und die sie an mich weiterreichten, sage ich von ganzem Herzen: »Danke und Schalom bis in Ewigkeit. Amen.«

# Kein Grund zur Nostalgie

Seit Monaten sichert sich der Fernsehsender MDR hohe Einschaltquoten durch Rückblenden in die 40-jährige DDR-Geschichte. Es werden Ausschnitte aus Unterhaltungssendungen gezeigt, die damals im Osten beliebt waren, wie »Ein Kessel Buntes« und die »Schlager-Revue« mit »Tschüs und winke, winke– Ihr Heinz, der Quermann«, dazwischen eingeflochten ein paar fragwürdige Episoden aus der roten Vergangenheit.

Der unbedarfte Zuschauer sagt sich: »Na, seht ihr, so schlimm war's doch eigentlich gar nicht.« Nein, nein, schlimm war's nicht. Wir durften zum Beispiel am 1. Mai und am 7. Oktober alle demonstrieren und so richtig auf den kapitalistischen Westen schimpfen. Minen und Selbstschussanlagen schützten uns vor bösen imperialistischen Eindringlingen. Unsere Kinder wurden in der Schule öffentlich geadelt – ach nein, es muss wohl heißen: getadelt –, wenn sie nicht einsahen, dass Regimekritiker des Westens »Freiheitskämpfer« seien, die des Ostens dagegen »Staatsfeinde« und dass Nato-Waffen für den Krieg produziert würden, die des Warschauer Paktes dagegen für den Frieden.

Eine LPG (Landwirtschaftliche Produktionsgenossenschaft) zahlte dem Klassenlehrer Geld für den fleißigen Einsatz der Kinder auf dem Kartoffelacker aus. Der gab es aber nur zu einem Teil an seine Schüler weiter und sagte zur Begründung, er habe gleich für alle einen Solidaritätsbeitrag für die kommunistischen Genossen überwiesen, die in Amerika und in anderen imperialistischen Staaten verfolgt würden. Wenn Kinder – wie zum Beispiel die unseren – dagegen protestierten, weil sie über das ihnen zustehende Geld selbst verfügen wollten, wurden sie als Außenseiter und Quertreiber an den Pranger gestellt.

Klassenbeste konnten nur Mädchen und Jungen werden, die durch aktive Mitarbeit in der Pionierorganisation »Ernst Thälmann« oder in der »FdJ« ihre positive Einstellung zum sozialistischen Staat unter Beweis stellten. Gute Zensuren allein genügten auch dann nicht, wenn sie alle anderen in den Schatten stellten.

Sah ein lernfauler Junge sein Abschlusszeugnis in Gefahr, hatte er immer noch die Chance, seine Zensuren zu korrigieren: Er verpflichtete sich freiwillig, der Nationalen Volksarmee als »Soldat auf Zeit« zu dienen. Das gute Ergebnis seiner Abschlussprüfung war ihm damit sicher.

Unsere Lebensläufe wurden durch geschulte Informanten in Stasizentralen schriftlich festgehalten und die Politiker aller (Block-)Parteien erhielten bei den Wahlen stets einmütige Zustimmung.

Tatsächlich erinnern sich mehr und mehr ehemalige DDR-Bürger mit verklärtem Blick an diese Zeit, in der sie zwar häufig – wegen Materialmangel – keine Arbeit, aber auf jeden Fall einen Arbeitsplatz hatten.

Ich bin froh, dass die DDR der Vergangenheit angehört, wenn auch viele der damals Verantwortlichen noch heute auf gut bezahlten Sesseln sitzen und Vorteile für sich selbst kassieren.

Ich gehöre aber auch nicht zu den Menschen, die den

Westen im goldenen Sonnenlicht sahen. Am 2. Oktober 1990 schrieb ich nachts in mein Tagebuch:

*Heute haucht die DDR ihr Leben aus. Jubel kommt in mir nicht auf. Diesen Tag zu erleben, davon habe ich nicht einmal geträumt. Unsere Familie hat in diesem Land trotz allem gut und bescheiden gelebt. Freilich hätten wir uns manches anders gewünscht. Aber da war eben nichts zu machen.*
*Uns regierten sehr fragwürdige Leute. Doch höher als die größten von ihnen blieb uns Gott. Er war unser Herr, ein starker und guter Herr. Ihm sei Ehre und Dank! Du, Gott, hast uns in diesem finsteren Land helles Licht gegeben. Du hast uns inmitten von Grenzen und Spitzeln frei leben lassen. Jeder Tag wurde uns durch dich ein guter und nützlicher Tag. Danke!*
*Nein, Jubel kommt in mir nicht auf, aber die Gewissheit, dass ich im vereinigten Deutschland in der Hand Gottes bleibe, macht mich froh und getrost.*
*Was ich heute fühle, will ich in einem Bild sagen: Noch befinde ich mich in einem gekenterten Dampfer, der in wenigen Stunden auf stürmischer See absäuft. Ein Wirtschaftswunder-Ozeanriese nimmt uns an Bord. Die Kapelle spielt: »Einigkeit und Recht und Freiheit.« Mich fröstelt bei diesen Klängen, denn ich höre in meinem Hinterkopf: »Deutschland, Deutschland über alles ...« Ich gehe zu den untersten Kabinen und suche Stille auf dem lauten Schiff. Da plätschert es mir um die Füße. Ich erschrecke nicht, aber ich stelle fest: Auch dieser Luxusliner ist bereits leck!*

*Mir wird wieder warm und wohl. Die Taube, die mit uns im gekenterten Kahn war, flattert auch hier durch die Gänge und setzt sich auf die Spitze des überhöhten Fahnenmastes, an dem die Deutschlandflagge im Sturm knallt und peitscht. Es ist doch ganz schön hier. Das Schiff ist geheizt, das Essen vorzüglich, die Freiheit grenzenlos. Ob das gut geht? Mein Gott, mich tröstet nicht, dass dieser Ozeanriese die Leckstellen möglicherweise eine Weile aushalten wird, ehe auch er sich zur Seite neigt, sondern mich tröstet, dass wir so leck in deinem Herzen schwimmen.*
*Und jetzt möchte ich mich hier nützlich machen.*
*Es ist 0.00 Uhr – 3. Oktober 1990. Soli deo gloria!*

Bei der ersten freien Wahl wurde ich 1990 in den Kreistag gewählt.

In der DDR glichen Wahlen von Anfang an einem miesen Kasperletheater. Jeder Wähler bekam einen vorgefertigten Zettel in die Hand gedrückt, den durfte er einmal falten und in die Wahlurne stecken. Mehr war das nicht. Das 99,9-Prozent-Ergebnis stand schon vorher fest. Wer zu den 0,1 Prozent gehörte (Nichtwähler), wurde in besonderen Listen geführt und von der Stasi unter Kontrolle gehalten.

Einmal war es anders. Gewählt wurde die neue Verfassung. Auf dem Zettel war diesmal tatsächlich etwas anzukreuzen, entweder das Ja oder das Nein. Zeigte das DDR-Regime so viel Mut, dass es wagte, die Bürger echt und frei abstimmen zu lassen? Die westliche Welt wunderte sich, doch nicht lange. Die SED-Genossen forderten in den Zeitungen die Bürger auf, unserer Regierung dadurch ihr Vertrauen auszusprechen, dass sie das Ja ganz öffentlich und nicht in einer Wahlkabine ankreuzten. Nach diesen klaren Richtlinien der Partei wagte sich keiner hinter den Vorhang – außer den 0,1 Prozent.

Ohne die SED lief gar nichts. Wer in der Unterhaltungskunst arbeiten wollte, brauchte deren Zustimmung. Ja oder Nein – das traf berufserfahrene Artisten genauso wie Neueinsteiger. Die Kriterien dafür waren sehr fragwürdiger Natur, eben parteisozialistisch.

Die so genannten »Abnahmen« fanden zweimal jährlich im Kristallpalast Magdeburg statt. Die Artisten baten mich – ihren Pfarrer – mehrmals darum, sie dorthin zu begleiten. »Es muss doch wenigstens einer im Saal sitzen, der es gut mit uns meint.«

Für mich waren es schreckliche Tage. Umgeben von aufgeregten Menschen, die um ihre Existenz bangten, zitterte ich mit jedem Einzelnen, betete während des Programms und sprach Mut und Hoffnung zu, wenn die Geprüften dann Stunden auf das Ergebnis warten mussten. Schreikrämpfe, Kollapse und Wutausbrüche gehörten zur Tagesordnung. Ein Vater war mit seiner 15-jährigen Tochter zur Prüfung nach Magdeburg befohlen worden. Die beiden stammten aus einer traditionsreichen Komödiantenfamilie und reisten mit einem kleinen Varietézelt von Festwiese zu Festwiese.

Das Mädchen arbeitete seit seinem elften Lebensjahr an einer Kautschukdarbietung, die beim Publikum mit gutem Recht viel Beifall erntete. Die junge Artistin war furchtbar aufgeregt.

Trotzdem minderte das nicht die Qualität ihrer Darbietung, die sie den Prüfern zeigte. Die Kommission kam dennoch zu dem Urteil: »Den hohen Ansprüchen sozialistischer Kulturarbeit in keiner Weise genügend, darum Nein.«

Das Mädchen fiel augenblicklich in Ohnmacht und blieb mitten im Saal liegen. Der Vater kniete sich neben sein Kind, das längst kein Kind mehr war und doch immer sein Kind bleiben würde. Er brachte es ins Bewusstsein zurück und sprach ihm Trost zu. Was er sagte, konnte ich nicht hören, doch jeder sah, dass das Mädchen ganz von der Liebe und Fürsorge seines Vaters umschlossen war.

Nach einer Weile versuchte es aufzustehen, doch der Vater nahm es auf seine starken Arme und trug es vor sich her einmal um den ganzen Saal, vorbei an allen Kollegen, die selber betroffen waren. Vor den Kommissionsmitgliedern blieb er stehen und sagte laut und jedes Wort betonend: »Da, seht sie euch an! Das ist euer Werk! Ihr könnt ein Kind zur Verzweiflung bringen. Dieses Kind aber bringt täglich hundert Menschen und oft mehr dazu, sich zu freuen. Schon morgen wird es auf unserer Bühne wieder arbeiten und ich – sein Vater – werde jeden zum Teufel jagen, der es daran hindern will!« Im Saal herrschte Totenstille.

Nein! Zur DDR-Nostalgie gibt es keinen Grund! Trotzdem verhalf uns dieser Staat ganz ungewollt zu echter Lebensqualität, die wir bei dem fanden, den er verhöhnte: Jesus. Danke, liebe Genossen. Ihr habt mir einen guten Dienst erwiesen.

Auch die Bundesrepublik kämpft derzeit mit massiven Problemen. Ich verstehe davon so gut wie nichts. Eins ist jedoch klar. Wir Deutschen leben seit langem über unsere Verhältnisse. In Zukunft werden das nur noch die dürfen, die schon immer nach den fettesten Brocken gegriffen haben.

»Unser Bürgerrecht aber ist (unabhängig von jeglicher Staatsform) im Himmel; woher wir auch erwarten den Heiland, den Herrn Jesus Christus« (Philipper 3,20).

# Die letzte Chance

Eine andere Erinnerung an die Erfahrungen im Kristallpalast drängt sich mir auf: Nach einem dieser anstrengenden Tage sprachen mich zwei Artistinnen an. Sie waren nach zwölfjähriger erfolgreicher Berufspraxis als Äquilibristen zur Prüfung befohlen und nach ihrer Vorführung abgelehnt worden. Sie schrien nicht, sie warfen keine Gläser an die Wand, sie weinten nicht.

Zutiefst traurig saßen sie da und starrten vor sich hin.

Da einen Tag vor dem Prüfungstermin auch noch ihr Auto gestreikt hatte, waren sie samt ihrem Artistengepäck mit der Bahn angereist. Ich setzte mich zu ihnen, um sie zu trösten und ihnen Mut zu machen, die Prüfung in einem halben Jahr zu wiederholen.

Die Jüngere der beiden fragte mich, ob ich sie vielleicht heimfahren könnte. Bei vorangegangenen »Abnahmen« hatte ich schon mehrfach Artisten nach Hause gebracht. Die beiden Frauen wohnten in der Nähe von Brandenburg. Der Umweg wäre von Magdeburg aus für mich an sich kein Problem gewesen. Aber zeitlich hätte ich es nicht geschafft, bis 20 Uhr schon wieder in Halle zu sein. Das hatte ich mir fest vorgenommen. Dort arbeitete ein berühmter Illusionist, also ein »Zauberkünstler«, aus Frankreich, den ich unbedingt erleben wollte. Dazu war an diesem Tag die letzte Gelegenheit.

Als die Frau mich um die Heimfahrt bat, wusste ich genau, was ich tun sollte, nämlich den körperlich und seelisch erschöpften Frauen ihre Bitte erfüllen. Dem standen aber meine eigenen Wünsche entgegen. Ich log die Artistinnen an: »Es tut mir sehr Leid, Ihnen nicht helfen zu können. Schon in einer Stunde werde ich in Halle zu einem dringenden Termin erwartet. Doch vielleicht nimmt Sie ein Kollege mit, der sowieso in Ihre Richtung fährt.«

Ich wusste aber genau, dass sie alle aus südlichen Bezirken kamen. Mit »gesundem Menschenverstand« rechtfertigte ich mich vor mir selbst: »Du musst nicht immer nur für andere da sein; du darfst dir selbst auch mal einen Wunsch erfüllen.« Mein Gewissen sah das ein und ich erlebte in Halle einen vergnügten Abend.

Doch schon am nächsten Tag ging es mir nicht mehr so gut. Während ich wie üblich mein Morgengebet sprach, meldete sich Gott: »Du warst gemein zu den Frauen. Du hast sie belogen und in ihrer Not allein gelassen. Sie haben dir deine Lüge geglaubt. Ich nicht.«

Die Bibel nennt meine Lüge »Sünde«, meine damit verbundene Lieblosigkeit ebenfalls. Sünde ist niemals nur Privatsache. Sie schädigt meine Nächsten und richtet sich gegen Gott, der uns für unser Zusammenleben auf der Erde eine gute Ordnung gab.

Mein Sündensortiment ist von Kindesbeinen an umfangreich gewesen. Ich hasse die Sünde, möchte ohne sie leben. Trotzdem gelingt es ihr immer wieder, mich zu ködern, bis heute und sicherlich morgen wieder.

Welches Glück – wir alle haben einen starken, uns liebenden Vater, den allmächtigen Gott, der uns die Sünde abnimmt und Vergebung schenkt. »Ich tilge deine Missetat wie eine Wolke und deine Sünde wie den Nebel. Kehre dich zu mir, denn ich erlöse dich!« (Jesaja 44,22)

Allgemein wird die Sünde verharmlost, ja gar ins Lächerliche gezogen: »Gestern habe ich mal so richtig gesündigt. Ich aß ein großes Stück Torte und ließ mir auch noch eine Portion Sahne dazu bringen!« Wenn Sünde nichts Schlimmeres bewirkte als ein paar Gramm Fett auf den Hüften, könnte man mit ihr leben. Doch ihre Folgen sind schwerer. Sie ist – nach Gottes Aussage – »der Leute Verderben« (Sprüche 14,34).

Kein Wunder, dass es auf unserer Erde, auch in Deutschland immer katastrophaler zugeht.

Wir entfernen zwar den Müll unserer Haushalte, aber wir ersticken im Unrat unserer Sünden und unterschätzen deren Einfluss auf unser gesamtes Leben einschließlich der Ewigkeit.

»Abhilfe durch Ablenkung« heißt das Rezept der Krisenbewältigung. Wir wühlen im Unrat anderer. Die Illustrierten sind eine wahre Fundgrube dafür, auch wenn sie es mit der Wahrheit nicht immer so genau nehmen. Sie legen die Sünden anderer, meist Prominenter, offen und belegen sie auch noch mit Fotos.

Im Fernsehen haben die Filme die höchsten Einschaltquoten, die von Sünde nur so strotzen.

Männer betrügen ihre Frauen, Frauen ihre Männer. Mädchen werden vergewaltigt. Messer und Pistolen sorgen für das nötige Blut. Häuser und Autos explodieren. Menschenleiber werden zerfetzt und fliegen durch die Luft. Je schlimmer, desto besser. Horror ist gefragt. Ganz empört urteilt der Zuschauer: »Ach, was ist das nur für eine schreckliche Welt!« – und kann den nächsten Fernsehabend kaum erwarten.

Wer meint, mit dem Blick auf die Sünden anderer seine eigenen loszuwerden, der irrt sich gewaltig. Es gibt nur eine Stelle, die uns unsere Sünde abnimmt: das Kreuz mit dem Gotteslamm Jesus. »Sein vergossenes Blut reinigt uns von aller Sünde« (1. Johannes 1,7). Wer sie bereut und ihm bekennt, der wird sie los, denn: »Wo aber die Sünde mächtig geworden ist, da ist doch die Gnade noch viel mächtiger geworden« (Römer 5,20).

Das Alter ist für Menschen, die ihr Leben nicht schon vorher in Ordnung gebracht haben, die letzte Chance, alle unter den Teppich gekehrte Sünde ans Licht und damit unter das Kreuz Jesu zu bringen. Erst dann gilt:

*Was kann mir denn nun schaden*
*der Sünden große Zahl?*
*Ich bin bei Gott in Gnaden,*
*die Schuld ist allzumal*
*bezahlt durch Christi teures Blut,*
*dass ich nicht mehr darf fürchten*
*der Hölle Qual und Glut.*

*Drum sag ich dir von Herzen*
*jetzt und mein Leben lang*
*für deine Pein und Schmerzen,*
*oh Jesu, Lob und Dank,*
*für deine Not und Angstgeschrei,*
*für dein unschuldig Sterben,*
*für deine Lieb und Treu.*

*Dein Kreuz, dies sei,*
*wenn ich den Tod einst leide,*
*mir Fried und Freude.*

Das sind Verse aus unserem Evangelischen Gesangbuch. Zugegeben, sie sind alt, sie stammen aus dem 17. und 18. Jahrhundert! Ist das etwa schlimm? Heißt »alt« so viel wie »überholt und unbrauchbar«? Leben wir nicht recht gut von den Getreidekörnern, die seit Menschengedenken auf unseren Feldern wachsen? Lassen wir uns nicht gern von der Sonne bräunen, die seit Urzeiten vom Himmel scheint?

Diese Verse stammen von Männern und Frauen, die reiche Glaubenserfahrungen sammelten. Ihre Texte kommen von Herzen und gehen zu Herzen, unabhängig von der Jahreszahl, die wir heute schreiben. Im Gesangbuch zu lesen – und wenn es mit der Lupe sein muss, weil die Augen schon schwach geworden sind – ist die beste Vorbereitung auf ein seliges Sterben und das haben wir Alten doch ganz gewiss vor uns!

# AEG

»Aus Erfahrung gut«, so hieß der Werbespruch der Allgemeinen Elektricitäts-Gesellschaft in Berlin und Frankfurt am Main. Ob es diese Firma überhaupt noch gibt, weiß ich nicht. Auf jeden Fall stimmte die Werbung mit den Produkten überein.

Während unserer Dienstzeit als Zirkusseelsorger brauchten wir für unseren Wohnwagen eine Wärmequelle. Dafür stand uns in den ersten Jahren nur ein Kohleofen zur Verfügung. Besseres hatte die DDR nicht zu bieten. Doch erstens ist der Umgang mit Feuer in einem Holzwagen gefährlich und zweitens war das Besorgen der Kohle schwierig, denn man brauchte für alles einen Bezugsschein. Mit Hilfe einer westdeutschen Diakoniesekretärin erstand ich im kapitalistischen Westen einen AEG-Heizer mit Ventilator und drei Schaltstufen. Den schmuggelte ich über die innerdeutsche Grenze. Er versorgte uns 35 Jahre – ich schreibe es noch einmal, damit jeder Irrtum ausgeschlossen ist: fünfunddreißig Jahre – mit Wärme, auch bei 20 Grad minus. Das nenne ich Qualität!

Doch die AEG-Kapitelüberschrift hat eine völlig andere Bedeutung, eine ganz private, für mich allein. Ich lese die drei Buchstaben so: Aus Erfahrung grässlich! Wem dieses Kapitel unanständig erscheint, der sollte es überblättern.

Mit dem Alter muss jeder zurechtkommen, der nicht schon vorher gestorben ist. Wie ich meine alten Tage erlebe, davon habe ich manches geschrieben. Manches, aber nicht alles.

Um der Wahrheit willen schreibe ich in diesem Kapitel von den Gesundheitsdefiziten, die mir die meiste Mühe bereiten und unterhalb meiner Gürtellinie angesiedelt sind.

In dem Bereich bin ich anfällig für Entzündungen. Die wirken sich äußerst schmerzhaft aus und sind in hohem Maße unangenehm – grässlich eben. Zweimal haben mir die Ärzte in komplizierten Operationen Drüsen wegschneiden müssen, die zum Weiterleben nicht unbedingt nötig sind. Seitdem kann ich mir den Blick zum Barometer sparen. Die Narben reagieren auf jeden Witterungswechsel äußerst empfindlich – und das heißt schmerzhaft.

»Es naht ein Hoch!«, meldet der Bauch. »Es naht ein Tief!«, meldet er auch. Egal, ob Sonnenstrahlen oder Stürme anmarschieren, der Bauch rebelliert immer!

Auch die Körperteile, die bereits vor Jahren dem Skalpell der Ärzte zum Opfer fielen – die also gar nicht mehr da sind –, beteiligen sich unbegreiflicherweise lebhaft an dieser Pein. Doch das ist nicht alles. Diese Entzündungen – ganz gleich, ob sie eine OP nötig machen oder nicht – verschaffen mir jedes Mal für Wochen den Genuss einer künstlichen »Pullerhilfe« – eines Katheders. Ich fürchte mich vor diesem Schlauch. Ehrlich!

Das ist sehr ungerecht und undankbar. Denn wenn die Blase sich ständig füllt, ohne ablaufen oder überlaufen zu können, und die Schmerzen so stark werden, dass ich nicht einmal mehr die Engel im Himmel singen höre und es mir egal ist, ob ich ein Adam oder eine

Eva bin, dann hilft der Katheder. Kaum ist er eingeführt, entleert sich die Blase und das ist ein Gefühl, als ob ich von der Folterbank befreit würde und sanft auf ein weiches Daunenbett sänke. Ich habe dann zwar keine Kraft mehr zum Jubeln, doch mein Herz jubelt auch ohne diese Kraft.

Lange hält dieser Dank jedoch nicht an. Schickt mich der Facharzt anschließend mit meiner Gummiventilprothese und einer Schachtel Antibiotika heim, fühle ich mich ekelhaft. Der gute Mann gibt mir noch den Rat, das Wasser nicht zu häufig zu lassen, sondern einen gewissen Druck auszuhalten. »Ein gewisser Druck« – was heißt das genau?

Plötzlich ist die Hose nass. Entweder hat sich der Stöpsel gelockert oder das Wasser hat sich neben dem Schlauch einen Weg gesucht. Kurz, das Ganze ist eine Sauerei! Der Doktor weiß das und verschreibt vorsorglich DIN A3 große Windeln, mit denen man sich in die Öffentlichkeit wagen kann. Das Leben geht ja weiter. Aber was mache ich, wenn der Druck unterwegs zu stark wird? Es gibt öffentliche Toiletten. Doch jede Entleerung erfordert eine gründliche Nachwäsche und die ist meist unmöglich. Soll ich mich vielleicht »unten ohne« am Waschbecken des Bahnhofsklos zur Schau stellen oder bei guten Bekannten, die WC und Bad säuberlich getrennt haben, halbnackt über den Flur laufen?

Ich glaube, es ist nachvollziehbar: Mich packt das blanke Entsetzen, wenn ich nur daran denke, dass ich wieder eine Entzündung bekommen könnte. Wie kann ich mich davor hüten?

Der Facharzt meint: »Ihre Entzündungen können Sie nicht verhindern, nur vermindern. Schützen Sie sich vor Erkältung.«

Das sieht dann in der Praxis so aus: Eine Gemeinde, die momentan »hirtenlos« ist, bittet mich, dass ich dort einen Gottesdienst halte. Ich frage: »Ist es in Ihrer Kirche auch warm?«

»Selbstverständlich!«

»Ich bin sehr darauf angewiesen.«

»Sie können beruhigt sein.«

Ich komme hin und keiner hat die Heizung angestellt, weil draußen 24 Grad Wärme gemessen werden. In der Kirche aber zeigt das Thermometer nur 15 Grad oder weniger an.

»Wenn die Leute kommen, wird es von allein wärmer.«

Das ist der blanke Hohn. 17 Personen erwärmen keine Eisgrotte. Aber die guten Menschen ahnen nicht, was für mich auf dem Spiel steht.

Oder: Ich fahre nach Flöha zum Einkaufen. Mit meinen Beuteln beladen, warte ich am Bahnsteig auf den Zug nach Falkenau. Der lässt sich Zeit und es weht ein kalter Wind. Zwölf Minuten Verspätung sind nicht viel, aber genug für die nächste Katastrophe.

Dabei ziehe ich mich immer warm an. Außer dicken Unter- und Überhosen trage ich über den gefährdeten Stellen einen schafwollenen Latz. Doch es werden mir eben auch schon kalte Füße zum Verhängnis. Was soll's? Da müssen wir durch.

Mit »wir« meine ich alle, die alt sind, denn ich bilde mir nicht ein, der einzige Leidtragende der späten Jahre zu sein. Im Gegenteil. Es leben viele geduldig mit schlimmeren Schmerzen und Behinderungen als ich. Meine Frau ist mir dafür das beste Beispiel.

Auf jeden Fall habe ich gelernt, Gott nicht nur um den Segen für Essen und Trinken zu bitten, sondern auch darum, dass ich es gut verdaut und ohne Schwierigkeiten wieder loswerden kann. Jedes noch so bescheidene Erfolgserlebnis wird mit einem freudigen Halleluja gefeiert. Wer meine Erfahrung teilt, wird das begreifen.

Trotzdem graut mir beim Gedanken an den nächsten Störfall! Gott weiß das. Wenn er mir aber über Katheder, inzwischen auch über instabile Knie und was sich sonst noch einstellt, helfen kann, ein wenig geläuterter ins Himmelreich einzuziehen, dann soll er diese Chance nutzen!

Es fällt mir nicht unbedingt leicht, doch ich weiß, dass es richtig ist, mich auch für das Schmerzhafte und Unbequeme zu bedanken, und das hilft wiederum zur besseren Verträglichkeit des »Pfahls im Fleisch«.

Der alte Hiob hatte völlig Recht, als er seiner Frau erklärte (Hiob 2,10): »Gott hat uns viel Angenehmes geschenkt; jetzt wollen wir uns über das Unangenehme nicht beklagen.«

Mir graut es trotzdem. Das ist erlaubt ... vorausgesetzt, ich gehe meinen lieben Nächsten damit nicht auf die Nerven!

# Altersvorzüge

Meine Mutter hat mir diese Geschichte erzählt: Ich muss etwa zwei Jahre alt gewesen sein, konnte einigermaßen verständlich sprechen und war an und für sich »stubenrein«. Doch wie das bei Kindern so ist, eines Tages hatte ich doch die Hosen voll. Meine vier Jahre ältere Schwester nannte mich verächtlich einen »Hosenscheißer« und wollte damit wohl erreichen, dass ich mich schämte. Das Gegenteil war aber der Fall. Ich fand den Titel herrlich und erzählte jedem, den ich traf: »Drareg (das hieß Gerhard) Hosenscheißer!« Die Leute reagierten unterschiedlich. Einige lachten, aber die Mehrzahl kritisierte: »Gerhard, so etwas sagt man doch nicht!«

Jetzt, 70 Jahre später, höre ich denselben Vorwurf, freilich in anderem Zusammenhang. Sobald ich im Gespräch erwähne, dass ich alt bin, fällt mir mein Gegenüber ins Wort: »Aber Herr Fischer, so etwas sagt man doch nicht! Man ist so alt, wie man sich fühlt.« Wem das hilft, der soll sich von mir aus mit seinem Krückstock, Hörgerät und Herzschrittmacher zum Teenager erklären. Die Realität wird ihn schnell einholen.

Warum darf ich denn nicht sagen, dass ich alt sei, wo es doch wahr ist? Alt sein ist schließlich keine Schande, sondern aller Ehren wert. Ich bin alt und mit zunehmenden Jahren mehr und mehr auf die Hilfe der jüngeren Generation angewiesen, die vor Jahrzehnten von meiner Fürsorge lebte.

Neulich verreiste ich mit einer prall gefüllten Reisetasche auf zwei Rädern. Beim Umsteigen von einem Bahnsteig auf den anderen machten mir Stock, Tasche, Treppe, schmerzende Knie und eine Masse drängelnder Menschen, die zum gleichen Zug eilten, sichtlich Mühe. Ich konnte gar nicht so schnell denken, wie es geschah: Eine junge Frau nahm mir mein Gepäck ab, rannte damit die Treppe hinunter, durch den Tunnel, auf der anderen Seite wieder nach oben und erwartete mich am nächsten Bahnsteig. Sie verschwand so schnell, wie sie gekommen war. Meinen heißen Dank konnte ich ihr nur hinterherrufen. Ob sie ihn noch hörte, weiß ich nicht. Aber Gott hörte, dass ich sie in seinem Namen segnete, und dieser Segen erreichte sie auf jeden Fall.

Da wir schon seit 30 Jahren kein Auto mehr haben, werden wir von freundlichen Nachbarn und Geschwistern aus der Gemeinde häufig mitgenommen. Außerdem versorgen sie uns mit allem Nötigen aus den Supermärkten.

Als ich selbst noch Auto fuhr, kutschierte ich auch jede Menge Bedürftige. Jetzt habe ich den Eindruck, Gott zahle mir das durch viele freundliche Menschen doppelt und dreifach zurück.

Ich freue mich, dass trotz aller Säkularisierung die Nächstenliebe unter uns nicht ausgestorben ist, und lasse mir gern helfen.

Früher sprang ich mit einem Satz ins Auto. Heute ist das eine umständliche Prozedur geworden. Um mich auf dem Beifahrersitz niederzulassen, trete ich rückwärts an die geöffnete Autotür und setze mich aufs Polster. Dabei fliegt mir erst einmal der Hut vom Kopf, weil ich die Höhe des Türrahmens regelmäßig falsch einschätze. Während ich vergeblich versuche, meine Beine nachzuholen, gerät mir der Spazierstock außer Kontrolle und verpasst meinem Einsteighelfer einen blauen Fleck an seinem Schienbein. Der Sitz muss ein Stück nach hinten geschoben werden. Ich hieve mich wieder nach draußen. Danach beginnt das Ganze von vorn: Der Hut fliegt mir vom Kopf, der Stock trifft das Schienbein, doch am Ende ist es geschafft.

Den Sicherheitsgurt will ich zu meiner Ehrenrettung selbst anlegen. Leider finde ich die Halterung nicht und brauche auch dafür Unterstützung.

Ich gebe zu: Es ist gewöhnungsbedürftig, in einer Welt, in der nur Kraft und Leistung zählen, schwach zu sein. Aber bis heute ist mir das mit Gottes Hilfe ganz gut gelungen.

Die folgenden drei Beispiele beweisen, dass wir Alten im Gegensatz zu den Jungen Vorzüge genießen. Wir müssen sie nur entsprechend beachten, dann können wir uns auch darüber freuen.

»In letzter Minute«, 23-jährig: Ich war unterwegs zu meiner Braut. Vom Dresdner Hauptbahnhof aus rannte ich auf die Straßenbahn zu, die zur Abfahrt bereitstand. Der Fahrer sah mich, zuckte nur spöttisch mit den Achseln und fuhr ab.

»In letzter Minute«, 70-jährig: Ich wollte mit dem Bus nach Moritzburg fahren. Auch er stand schon abfahrbereit da. Ich musste noch einen großen Platz überqueren, um zu ihm zu gelangen. Mit Rucksack, Tasche und Stock humpelte ich, so schnell ich konnte, los. Der Bus wartete. Die Türen öffneten sich noch einmal. Ich bedankte mich beim Fahrer. Der nickte mir wohlwollend zu. Seine Mimik verriet mir seine Gedanken: »Na, Alter, dir ist das Rennen auch schon mal leichter gefallen. Setz dich nur erst hin, ehe ich abfahre, sonst fliegst du mir noch durch den Bus.«

»Missgeschick beim Essen«, 10-jährig: Meine Eltern, meine Schwester und ich waren bei Bekannten eingeladen und saßen an der festlich gedeckten Tafel. Es gab Krautwickel. Die schmeckten mir überhaupt nicht, aber die Soße war dafür umso leckerer. Ich langte über den Tisch, zog mir die Sauciere heran und dabei schwappte ein großer brauner Fleck auf das Tischtuch. Meine Mutter wurde verlegen, mein Vater schimpfte: »Pass doch auf, dummer Junge! Kannst du nicht warten, bis dir einer die Soße gibt? Du fliegst gleich raus!«

»Missgeschick beim Essen«, 70-jährig: Ich saß in großer Gesellschaft am Mittagstisch. Es gab Knödel und Gulasch. Beim Schöpfen aus der Schüssel stellte ich mich so ungeschickt an wie 60 Jahre vorher. Wieder zierte ein großer brauner Fleck das Tischtuch. Noch bevor ich mich entschuldigen konnte, tröstete mich die Hausfrau: »Das ist überhaupt nicht schlimm, Herr Fischer. Die Decke muss sowieso gewaschen werden.« Als ich etwas später noch einmal um die Schüssel bat, nahm meine Tischnachbarin sie für mich in Empfang und fragte ganz freundlich: »Darf ich Sie bedienen, Herr Fischer?« – »Sie dürfen. Vielen Dank!«

»Überfüllter Zug«, 15-jährig: Nach dem Zweiten Weltkrieg fuhren nur wenig Züge, dafür waren sie alle überfüllt. Sitzplätze gab es für junge Leute auf langen Strecken so gut wie nie. Hatte ich zwischen Dresden und Chemnitz wirklich mal einen gefunden, stieg beim nächsten Halt garantiert ein Greis zu. Noch bevor ich mich aus freien Stücken erheben konnte, wetterte ein Mitreisender los: »Willst du nicht aufstehen? Du siehst doch, dass der alte Mann einen Sitzplatz braucht!«

»Überfüllter Bus«, 70-jährig: Kaum besteige ich einen voll besetzten Bus und wanke durch den Gang, springt ein Jüngerer auf und bietet mir seinen Platz an. »Vielen Dank! Sie sind sehr gütig.«

Altersvorzüge! Es gibt noch mehr davon: Die Bahn gönnt mir altem Mann beispielsweise die »BahnCard 50« für den halben Preis.

Fast in jeder Kirchengemeinde gibt es einen »Seniorenkreis«, der sich monatlich einmal trifft. Wer hierher kommt, trägt in seiner Tasche ein Döschen mit Tabletten, Kapseln und Dragees für alles, was zwischen Kopfhaut und Fußsohlen im Lauf der Jahre altersschwach geworden ist. Wir tauschen uns aus, trinken miteinander herzschonenden Kaffee und essen Diabetikergebäck. Dasselbe bieten in guter Qualität auch die »Volkssolidarität« und die »Volksfürsorge«.

Was es aber nur bei Christen gibt, ist die Kraftnahrung aus Gottes Wort und Gebet. Davon kann ich nicht genug bekommen. Deshalb besuche ich auch regelmäßig sonntags den Gottesdienst, lese täglich die »Losungen« und rede mit Gott, sooft sich mein Herz nach ihm sehnt. Ohne diese Kraftnahrung möchte ich nicht alt sein. Ich käme mir vor wie ein Ballon, dem die Luft ausgeht, bis er schließlich über den Boden schleift und irgendwo zerknittert liegen bleibt. Gott aber füllt mich mit seinem Odem und lässt mich an Höhe gewinnen, bis ich am Ziel bin. Ich lade alle zur Ballonfahrt ins Himmelreich ein.

# Alt und lebenssatt

»Alt«! In einer kabarettistischen Sendung wurde das so definiert: »A wie abgenutzt, l wie lahm und t wie tatterig.«

Gebräuchliche Redewendungen unterstreichen diese Sicht. Zum Beispiel: »Es hänselt die stolze Lola, die soeben zur Schönheitskönigin ihres 199 Einwohner zählenden ›Kuhkaffs‹ gekürt wurde, ihre neidvoll auf sie blickenden Konkurrentinnen: ›Da seht ihr alt aus!‹« Oder: »Es gratuliert der aus der Ferne angereiste Max seinem zehn Jahre jüngeren Bruder Moritz zu dessen 65. Geburtstag: ›Na, Kleiner, nun zählst du endlich auch zum alten Eisen!‹« In beiden Fällen fühlen sich die Angesprochenen erniedrigt und beleidigt.

»Alt aussehen« – einen schwachen Eindruck machen – und »zum alten Eisen gehören« – verwendungsunfähig sein –, das kommt beides einem Todesurteil nahe. »Veraltete« – aus der Mode gekommene – Kleider landen im Lumpensack und »altbackenes« Brot ist Schweinefutter. Das Wort »alt« hat ganz einfach einen schlechten Ruf.

Das gilt jedoch nicht in jedem Fall. Der »alte Hase« wird wegen seiner Erfahrung geschätzt und »alte Liebe rostet nicht«. Das klingt wirklich gut. Außerdem sind »Oldtimer« für viele Leute interessant, aber so gut wie unbezahlbar. Na bitte! Ich bin von der Würde meines Alters so überzeugt, dass ich mich nicht als Schrotthaufen, sondern als beachtenswerten Oldtimer ansehe.

Jetzt buchstabiere ich das Wort »alt« noch einmal, aber auf meine Weise: a wie Atem holen, l wie Lieder singen und t wie Träume haben. Dazu blieb mir bis zur Rente wenig Zeit. Jetzt habe ich sie! Also freue ich mich daran.

Nun heißt dieses Kapitel aber »Alt und lebenssatt«. Dass sie das Leben satt und die Faxen dicke haben, trifft nicht nur auf alte Leute zu. Erst kürzlich kam eine Meldung in den Nachrichten, dass sich eine 17-jährige Schülerin vom Zug überfahren lassen habe. Die Kripo fand heraus, dass dieses Mädchen in der letzten Unterrichtsstunde seiner Platznachbarin einen Zettel zugeschoben hatte, auf dem stand: »Das ganze Leben ist beschissen!«

In der Bibel hat das Wort »lebenssatt« eine völlig andere Bedeutung. Dort heißt es: »Abraham starb alt und lebenssatt«, ebenso Isaak, David, der Priester Jojada und auch der reiche Herdenbesitzer Hiob. Wer das so versteht, als hätten diese Männer – wie das Mädchen – die Nase vom Leben voll gehabt, der irrt sich gewaltig.

Mein Freund Armin war ein Genießer. Wenn er gut gegessen hatte, lehnte er sich zurück, ließ Arme und Hände baumeln, leckte mit der Zunge genüsslich über die Lippen und sagte: »Jetzt bin ich satt!« Damit brachte er nicht nur sein Wohlbehagen zum Ausdruck, sondern zugleich das Lob für die Köchin und ihre Kochkünste.

Abraham war – wie Armin nach einer guten Mahlzeit – satt. Er war mit seinem Leben zufrieden, auch damit, dass es nun zu Ende gehen würde. Er fühlte sich alt genug zum Sterben.

Wann ist man dafür alt genug? Die Meinungen gehen weit auseinander. Während einer Faschingsveranstaltung las der Conférencier O. F. Weidling im Café Prag in Dresden Anzeigen aus der Lokalpresse vor. Zuerst eine Tauschanzeige: »Biete fleißig singenden Kanarienvogel, suche Auspuffanlage für Trabant.« Das war typisch DDR.

Dann eine Suchanzeige: »Gut aussehender, wohlhabender Siebzigender sucht nach mehrfach fehlgeschlagenen Tests die Frau fürs Leben. Jung und blond bevorzugt, mit Qualitäten, die jedes Männerherz erfreuen.«

Zum Schluss las er eine Todesanzeige: »Viel zu früh verstarb unsere liebe Mutter, Schwiegermutter und Oma Hedwig Alma Birkenhofer im Alter von 83 Jahren.«

Er fragte ins Publikum hinein: »›Viel zu früh!?‹ Wann wäre es Ihnen denn recht?« Na, wann denn?

Das Gegenteil von »lebenssatt« heißt »nimmersatt«. Unser vom Wohlstand verwöhntes Volk ist zu einem großen Teil davon betroffen. Es kann nicht genug bekommen.

In alten Zeiten erfreute ein Sonntagsausflug in den vier Kilometer entfernten Wald mit Picknick, Versteckspiel, Rehen, Hasen, Pilzen und Beeren das Herz der ganzen Familie.

Heute muss das Ziel der Freude weit entfernt liegen, mindestens in Italien, auf Mallorca oder gar in Australien. Kaum daheim gelandet, ist das Erlebnis bereits abgelegte Vergangenheit und das nächste Reiseziel wird angepeilt.

Unsere Großeltern hatten Spaß an einer Luftschaukel. Inzwischen ist der Meganervenkitzel gefragt, bei dem man vor Angst stirbt – wie beim Sprung am Gummiseil vom hohen Turm.

Ein Restaurant, das seinen verwöhnten Gästen nicht mindestens 65 verschiedene Speisen anbietet, kommt nie auf einen grünen Zweig.

»Nimmersatte« sterben zwangsläufig als »Magersüchtige«, so widersprüchlich das auch klingt. Magersüchtig sind nicht nur ein paar bedauernswerte Mädchen, die übertrieben auf die schlanke Linie achten, dabei an Bulimie erkranken und in Folge alles Essbare in sich hineinstopfen, um es sofort wieder zu erbrechen. Wer vom Leben nicht genug bekommen kann und sich ständig bedauert, weil er das und das und das und das nicht auch noch haben und erleben kann, leidet an derselben Krankheit.

Wir halten fest: Der eine flucht hochbetagt dem Tod, weil der ihn wegholt, bevor er vom Leben satt wurde; der andere sucht den Tod schon in jungen Jahren, weil er das Leben satt hat. Sie sind beide traurige Tröpfe. Gott erinnert uns: »Suchet mich, so werdet ihr (trotz Strapazen und Tod) leben« (Amos 5,4).

Aber lieber jammern die meisten Leute, als dass sie sich von Gott beschenken lassen.

Mose betete: »Vielleicht leben wir 70 Jahre, vielleicht sogar 80; doch selbst die besten Jahre sind mühevoll und schwierig. Gott, lass uns jeden Morgen spüren, dass du zu uns hältst, dann sind unsere Tage von Jubel und Dank erfüllt« (Psalm 90,10.14).

Wie passt das zusammen? Auf der einen Seite lebenslange Mühe, auf der anderen Seite Jubel und Dank? Sehen wir uns Moses Leben einmal an. Seine Kinderjahre als Prinz am ägyptischen Königshof mögen recht angenehm gewesen sein. Aber was kam dann?

Im Zorn erschlug er einen Ägypter, wurde verraten und floh ins Ausland. Doch Gott schickte ihn zurück. Er sollte vom Pharao die Freilassung des israelitischen Volkes fordern. Das war für Mose die Berufung zu einem Todeskommando. Er überlebte es und stand vier Jahrzehnte an der Spitze dieses Flüchtlingstrecks durch die Wüste bis an die Grenzen Kanaans.

Gott selbst nannte die Israeliten ein »halsstarriges Volk«. Mose war also um sein Amt nicht zu beneiden. »Jubel und Dank« für diese Schinderei?

Ja! Mose hatte sein mühseliges Leben mit der Gegenwart Gottes gefüllt und das Ergebnis waren »Jubel und Dank«.

»Gott sättigt uns mit Gutem« (Psalm 104,28), sodass wir »lebenssatt« und zum Sterben bereit werden. »Gutes« ist nicht dasselbe wie »Leckerbissen«. Gesunde, bekömmliche, vitaminreiche Nahrung steckt in den Mühen unseres Lebens wie in den Früchten, die wir aus der schmutzigen Erde ernten: Möhren, Kartoffeln und Radieschen. Wer sich von Gott beköstigen lässt, der wird nach spätestens 70 Jahren im wahrsten und besten Sinne »lebenssatt«.

Wenn ich auf mein Leben zurückblicke, dann finde ich darin alles, was ich mir zum Glücklichsein nur wünschen kann und konnte. Ich vergleiche es einmal mit Luthers Aufzählung in seiner Erklärung zum ersten Glaubensartikel, wobei ich persönliche Extras in Klammer setze:

*Gott gab mir Leib und Seele, Augen, Ohren und alle Glieder, Vernunft und alle Sinne; dazu Kleider und Schuh', Essen und Trinken, Haus und Hof, Weib und Kind (jede Menge Brüder und Schwestern, aber auch Menschen, ohne die ich »echt alt ausgesehen hätte«, wie zum Beispiel gleich zu meiner Geburt eine tüchtige Hebamme), Acker (Gartenland), Vieh (Zebrafinken, Kanarienvögel und Hasen) und alle Güter (Waschmaschine, Telefon, Zahnbürste und Kamm).*
*Er versorgt mich reichlich und täglich mit allem, was meinem Leib und Leben Not tut, beschirmt mich in allen Gefahren und bewahrt mich vor allem Übel, und das alles aus lauter väterlicher, göttlicher Güte und Barmherzigkeit ohn all mein Verdienst und Würdigkeit; für all das ich ihm zu danken und zu loben und dafür zu dienen und gehorsam zu sein schuldig bin. Das ist gewisslich wahr.*

Wäre es nicht eine Schande, wenn ich von all dem Guten nicht satt geworden wäre? Ich bin es, ich bin »alt und lebenssatt«. Ich sehne den Tod nicht herbei, ich fürchte ihn aber auch nicht. Wenn Gott mich noch eine Weile auf der Erde lässt, freue und bedanke ich mich, bis er ruft: »Nun komm!«

# Viel zu früh

Abrahams Alter betrug stattliche 175 Jahre, als er lebenssatt starb. Damals stellte zwar kein Standesamt eine Geburtsurkunde aus. Kalender waren auch noch nicht in Mode. Auf jeden Fall ist Abraham sehr alt geworden.

Auf unserem Friedhof wurde dieser Tage eine junge Frau beerdigt. Sie hinterlässt außer ihrem Mann zwei Kinder, ein- und vierjährig. Der Krebs hatte sie buchstäblich aufgefressen. Da war nichts mit »alt und lebenssatt«. Das war viel zu früh und schrecklich! Über ein Jahr hatte die Frau nicht nur körperlich, sondern auch seelisch gelitten. Zunächst hoffte sie noch auf Besserung. Doch in den letzten Monaten stand fest: Sie würde sterben. Der Mann kam fast täglich zu ihr ins Krankenhaus. Oft brachte er die Kinder mit. Die Schwerkranke empfand jeden Abschied am Ende der Besuchszeit wie ein Sterben auf Raten. Dann schlug der Tod kalt und erbarmungslos zu.

Ich erinnere mich an die Beerdigung von Tante Lice, einer Frau und achtfachen Mutter aus dem Zirkus HEIN. Sie kam auf gleiche Weise ums Leben. Als ich bei der Trauerfeier den Mann mit seinen Kindern vor mir sitzen sah, versagte meine Stimme. Ich musste weinen.

Die Bibel erzählt auch von jungen Leuten, die starben, zum Beispiel von dem Mann aus der Stadt Nain (Lukas 7). Seine Mutter war Witwe und er war ihr einziger Sohn gewesen. Jetzt hatte sie niemanden mehr, der sich um sie kümmerte.

Jesus versuchte nicht, die Not der Frau herunterzuspielen, etwa so: »Weine nicht. Dein Sohn ist doch bei Gott gut aufgehoben.« Im Gegenteil! Das Elend der trauernden Frau jammerte ihn. Er trat an den Sarg, rief den Mann ins Leben zurück, gab ihn seiner Mutter wieder und bewies damit, wer hier zukünftig und letztendlich das Sagen hat.

Die Bibel spricht vom Tod als dem »Feind« (1. Korinther 15,26), der so richtig zum Zuge kam, nachdem wir Menschen, unzufrieden mit Gott, besserwisserisch unsere eigenen Wege gegangen waren. Jesus ist gegen ihn angetreten und Sieger geblieben.

»In Gottes neuer Welt wird der Tod nicht mehr sein, noch Leid, Geschrei oder Schmerz wird mehr sein; denn das Erste ist vergangen. Siehe, ich mache alles neu!« (Offenbarung 21,4.5)

Doch bis dahin bleibt der Tod die mordgierige Bestie, die vor keiner Grausamkeit zurückschreckt. Er mordet Kinder, reißt glückliche Eheleute auseinander und tötet Frauen wie Männer in ihren besten Jahren. Da fließen reichlich Tränen. Gott leidet mit unter dem Schmerz seiner Kinder, die noch »in Finsternis und Todesschatten« leben (Lukas 1,79), und steht ihnen bei.

Ich denke an ein Ehepaar, dessen sechsjähriger Junge an Leukämie erkrankte. Alle Mühen der ärztlichen Spezialisten brachten keinen Erfolg. Die Eltern verbargen ihren Schmerz vor dem Jungen und schenkten ihm für den kurzen Rest seines Lebens eine glückliche Zeit. Sie weinten und flehten den himmlischen Vater um

Trost und Hilfe an. Das Kind starb, doch Gott führte sie von der Klage über den erlittenen Verlust zum Dank für die Jahre, die sie den fröhlichen Jungen in ihrer Familie hatten haben dürfen.

Ein ungläubiges Ehepaar verlor durch einen Unfall seinen 20-jährigen Sohn. Die Verzweiflung war grenzenlos. Eine Nachbarin riet der Frau zum Gebet. Die aber zögerte monatelang. Schließlich hatte sie mit Gott keine Erfahrung. Würde er sie überhaupt hören?

Als sie körperlich und seelisch total am Ende war, wagte sie es doch.

Und ihr Lebensmut kehrte zurück. Die Traurigkeit um den Verlust ihres Sohnes blieb in ihrer Seele; aber sie kann jetzt damit leben. Inzwischen übernimmt sie in ihrer Kirchengemeinde Aufgaben und tröstet Menschen, die ähnliches Leid zu tragen haben.

Mein Freund Armin starb mit 47 Jahren. Am Mittagstisch rutschte er tot vom Stuhl. Frau und Kinder beugten sich fassungslos über den toten Vater. Der Jüngste – noch kein Jahr alt – jauchzte vergnügt in seinem Wagen. Er war der Einzige, der nicht begriff, was eben geschehen war.

Wer Armin und seine Frau Anne kannte, wusste, wie innig sie sich liebten. Der Verlust riss tiefe, schmerzende Wunden. Anne konnte sich nicht vorstellen, ohne ihren Mann weiterzuleben. Es folgte für sie eine schwere Zeit, aber auch eine Zeit voller Wunder. Gott schenkte ihr das doppelte Maß an Kraft, Liebe und Glauben. Sieben Jahre später feierte sie mit ihren fünf Kindern in einem gemütlichen Café die Silberhochzeit. Sie erinnerten sich dankbar an die 18 Jahre, in denen Armin ihnen ein guter und fröhlicher Vater gewesen war. Ein solches Fest kann nur feiern, wer Gottes helles Licht in das Todesdunkel einlässt.

Dass auch ein junger Mann getröstet sterben kann, erlebten wir in unserer Gemeinde. Jörg war durch seine Braut Andrea mit der Kirche und mit Gott in Verbindung gekommen. Er nahm Unterricht, ließ sich taufen und wuchs von Jahr zu Jahr fester mit Gott zusammen.

Dieser schenkte den Eheleuten drei gesunde Jungen, sie bauten ein Haus und freuten sich an ihrem Glück.

Plötzlich kam alles ganz anders als geplant. Der Arzt diagnostizierte bei Jörg einen Gehirntumor. Er wurde operiert. Mehrere Chemotherapien schlossen sich an, es war ein Jahr zwischen Hoffen und Bangen. Jörg begann ein Tagebuch zu schreiben. Ihm vertraute er alles an, was ihn bewegte. Er wollte leben, mit seiner Frau und seinen Kindern wollte er leben! Er fragte Gott: »Wie soll es mit uns weitergehen?« Doch eine Antwort darauf schien ihm gar nicht mehr wichtig zu sein. Stattdessen hielt er zahlreiche ganz alltägliche Erlebnisse fest, die ihn erfreuten. Dass er sie in seinem Zustand überhaupt noch wahrnahm, ist ein Wunder für sich.

Zum Ende hin wandelten sich die Eintragungen mehr und mehr in Lob- und Dankgebete. Er tröstete seine Frau und erwartete still und gefasst den Übergang vom Diesseits ins Jenseits. Solange er noch lesen konnte, forschte er sehr intensiv in der Bibel, um so viel wie möglich über das Himmelreich zu erfahren.

Als der Tumor in Jörgs Kopf schließlich so wütete, dass die Schmerzen für ihn unerträglich wurden, verabschiedeten sich die Eheleute, und die Ärzte legten ihn bis zum Sterben in ein künstliches Koma. Die Frau blieb bis zuletzt an seiner Seite.

Das Tagebuch wurde ihr nach Jörgs Tod zum Trostbuch. Immer wieder liest sie nun, wie er seine Krankheit mit Gott lebte. Jörg stellte ganz bewusst die Macht Gottes zwischen sich und den Tod und brachte diesen damit um den Triumph, Menschen in der Hölle der Verzweiflung gefangen zu halten. Denselben Weg geht nun seine Frau. Es ist ein bitterer, schwerer Weg, aber der einzige, der sie immer wieder aus der Hoffnungslosigkeit herausführt.

Wenn Andrea mir von Jörgs Tagebuch und von seinem Frieden im Sterben erzählt, fällt mir die letzte Strophe des Paul-Gerhardt-Liedes »Oh Haupt voll Blut und Wunden« ein:

*Erscheine mir zum Schilde,*
*zum Trost in meinem Tod*
*und lass mich sehn dein Bilde*
*in deiner Kreuzesnot.*
*Da will ich nach dir blicken,*
*da will ich glaubensvoll*
*dich fest an mein Herz drücken.*
*Wer so stirbt, der stirbt wohl.*

Was der König Hiskia nach seiner Genesung von einer schweren Krankheit betete, erlebte Jörg bis zu seinem Sterben und Andrea erfährt es an sich immer wieder aufs Neue: »Siehe, um Trost war mir sehr bange. Du aber hast dich meiner Seele herzlich angenommen« (Jesaja 38,17).

# Verwitwet

Diese Alterserfahrung fehlt mir. Nein, sie fehlt mir nicht. Ich bin sehr froh, dass sie mir fehlt.

Das klingt verwirrend, aber ich weiß sehr genau, was ich schreibe. Wie sollte mir die Witwererfahrung fehlen, wo ich doch von Herzen dankbar dafür bin, dass sie mir fehlt!

Sigrid und ich sind über 50 Ehejahre zusammen. Dem Herrn sei Dank!

Witfrau oder Witmann werden heißt, im Alter noch einmal etwas ganz Neues und darum auch Mühevolles beginnen und lernen zu müssen – das Alleinsein.

Sigrid lag vor ein paar Jahren neun Wochen im Krankenhaus, zwölf Kilometer von mir entfernt. Aber sie lebte! Ihr Platz am Tisch und im Bett blieb leer. Aber sie lebte! Sie konnte mir keinen Gutenmorgengruß sagen. Aber sie lebte! Sie saß im Gottesdienst nicht neben mir. Aber sie lebte! Sie spazierte mit mir nicht durch die Gärten. Aber sie lebte! Ich durfte sie täglich besuchen und damit rechnen, sie bald wieder daheim zu haben.

Darauf können Witwen und Witwer nicht hoffen. Wenn sie halbwegs gut zu Fuß sind, bleibt ihnen nur der Weg auf den Friedhof. Sie stehen am Grab, erinnern sich an vergangene Zeiten und wünschten, der Hügel würde sich öffnen und die »Meckerziege« bzw. der »Dickschädel« käme heraus. Noch in Gedanken an »früher«, verlassen sie die Grabstätte, gehen langsam nach Hause, schließen die Tür auf und lauschen. Doch niemand ruft: »Na, kommst du endlich?« Oder: »Putz die Füße ordentlich ab!« Alles bleibt still.

Wenn ich heimkomme, höre ich meine Frau entweder flöten oder sie tritt mir schon im Flur entgegen.

Sigrid lag während der Sommermonate in Chemnitz im Krankenhaus. Gegen 18.30 Uhr kam ich von der Besuchszeit nach Hause. Ich machte mir in der Küche das Abendbrot zurecht, stellte alles auf ein Tablett und setzte mich draußen auf die Bank vor unserem Haus. Ich saß also unmittelbar an der Straße. Dies hatte den Vorteil, dass viele Leute vorbeikamen, mich sahen, grüßten und mir guten Appetit wünschten oder gar einen kleinen Schwatz mit mir begannen. Genau darauf hatte ich es abgesehen.

Zum Frühstück und zum Mittagessen hielt ich es ebenso. Ich brauchte ganz einfach Menschen. Sie konnten mir meine Frau nicht ersetzen, aber sie halfen mir über meine Einsamkeit hinweg. Aus demselben Grund ziehe ich, wenn ich allein bin, auch keine Gardine vors Wohnzimmerfenster, nicht mal abends bei Lampenlicht. Wenn ich in der Wohnung schon niemanden habe, brauche ich wenigstens den Blickkontakt zu denen da draußen.

Sollen die Leute doch ruhig zu mir hereingucken. Gott tut's auch. Selbst wenn ich die Beine mal auf dem Tisch hätte, würde es mich nicht stören, dabei gesehen zu werden.

Inzwischen ist Sigrid aber längst wieder bei mir und wir essen unsere Mahlzeiten zu zweit. So schmeckt's natürlich am besten.

Eines weiß ich aus der Erfahrung anderer, zum Beispiel von meiner Mutter, die meinen Vater um zwölf Jahre überlebte, und das ist, dass sich Gott auch um Witwen und Witwer kümmert.

Im Psalm 68 (Verse 5 und 6) heißt es: »Freuet euch vor Gott dem Herrn! Ein Vater der Waisen und ein Helfer der Witwen ist Gott.« Bereits vor 3500 Jahren bestimmte er ihre Sozialhilfe. Witwen und Waisen musste von der Ernte so viel abgegeben werden, dass sie davon leben konnten. Ansonsten tröstete und unterstützte Gott sie in ihrer Traurigkeit und Einsamkeit durch den direkten Kontakt mit ihm und über freundliche Mitmenschen.

Zweierlei ist mir jetzt im Alter zu diesem Thema wichtig. Erstens: Wir erleben unsere Zweisamkeit bewusster als vorher. »Heute« ist wieder ein Tag, an dem wir noch zusammen sein dürfen. Dafür bedanken wir uns bei Gott und nehmen es nicht als Selbstverständlichkeit hin. Schon morgen kann es anders sein.

Zweitens: Wir kennen viele, die im Alter ihren Partner verloren haben. Wir beten für sie, sprechen sie an oder besuchen sie, soweit uns das möglich ist. Wir hatten in unserer Gemeinde Frauen, deren Männer waren im Krieg den »Heldentod« gestorben. Seit Jahrzehnten lebten sie als »Kriegerwitwen«. Einige dieser Frauen hielten es wie die biblische Hanna, die nur sieben Jahre verheiratet war, dann Witwe wurde und seitdem »nicht vom Tempel wich« (Lukas 2,37). Sie putzten auf Knien unser Gotteshaus, beteten für die Gemeinde und feierten mit ihr die Gottesdienste. Ich hörte aus ihrem Mund nie eine Klage. Sie lebten dankbar und zufrieden. Gott schenkte ihnen die Kraft, ohne Bitterkeit mit der ihnen aufgezwungenen Situation zurechtzukommen.

Wir verschließen unsere Augen nicht vor der Zukunft. Da kaum anzunehmen ist, dass Sigrid und ich zugleich sterben, wird einer von uns für unbestimmte Zeit allein bleiben müssen. Das flößt uns keine Angst ein. Gott wird den, der zurückbleibt, durchtragen, wie er uns miteinander getragen hat. Seine Hilfe ist uns gewiss. Die unserer Kinder ebenso.

# Gold für so viel Liebe

Sigrid und ich feierten goldene Hochzeit. 50 Jahre Ehe am Stück. Das ist ein Fest wert. Viele Männer teilen sich die Jahre mit mehreren Frauen. Ich nahm mir als Erster die Beste und wir freuen uns noch nach 50 Jahren, morgens nebeneinander im Bett aufzuwachen. Gold für so viel Liebe!

Wie war das damals? In mir meldete sich der Mann, der eine Freundin suchte, die als Frau zu ihm passte. Und wie suchte er sie? Nun, ich betete seit Jahren um die von Gott für mich – entsprechend 1. Mose 2,18 – geschaffene »Gehilfin«. Das war schon erst mal gut, sehr gut.

Dann habe ich geguckt, wie ein Mann eben so guckt.

Mein Opa war Fleischermeister. An einem schönen Nachmittag nahm er mich mit zu einer Kuhkoppel, auf der jede Menge Kälber grasten. »Gerhard, ich soll zum Dorffest ein Kalb schlachten. Wir gucken uns jetzt das beste dafür aus.« Ich verstand ja nichts davon, doch er prüfte mit kritischem Blick Tier für Tier. Als er das passende gefunden hatte, schnalzte er mit der Zunge und wischte sich über den Mund, als wäre er schon mitten in der appetitlichen Mahlzeit.

Wie ein Mann eben so guckt ... Nein, so wie mein Opa guckte ich nicht. Schließlich wollte ich kein Kalb schlachten. (Hoffen wir's!)

Die Auswahl war riesig. Bei etlichen Mädchen sieht »Mann« nur einmal hin, bei anderen öfter, bei wenigen immer wieder, bei der einen zeitlebens. Ich fand das Mädchen in Dresden – auf der Straße, im Jugendkellerraum des Kirchengemeindehauses, im Gottesdienst. Es hatte eine klasse Figur, gebräunte Haut, ein schönes Gesicht mit zwei vom Herzen gesteuerten Augen und es betete.

Meine Oma kannte dieses Mädchen und seine Geschichte. Sie bat mich: »Gerhard, sei gut zu Sigrid. Sie musste viel Schlimmes erleiden.« Seit ihrem elften Lebensjahr musste sie damit zurechtkommen, dass sie als Überbleibsel der höllischen Bombennacht vom 13. auf den 14. Februar 1945 in Dresden anderen zur Last fiel. Die Mutter war tot, die Schwestern waren tot, der Vater war in Russland, vielleicht auch schon tot. Der einzige Besitz, den das Mädchen bei sich trug, war eine vom Funkenflug durchlöcherte Decke.

Jeder kämpfte um sein eigenes Leben. Wer sollte sich da noch die Last eines fremden Kindes aufbürden? In den folgenden Jahren lebte Sigrid »von der Hand in den Mund«, wuchs, reifte und erwartete schließlich den einen für sie bestimmten Mann. Den hatte sie nun in mir gefunden. Wir nahmen uns »aus der Hand Gottes« und das ist das Beste an der ganzen Geschichte.

Einer meiner Moritzburger Brüder, der während des Unterrichts hinter mir saß und der, wenn er mich mit Sigrid sah, ständig lästerte: »Kindergarten!«, fragte mich, was ich denn mit dem Mädchen anfangen wolle. Meine Antwort kam prompt: »Na, lieb haben ... und so.« Er sagte daraufhin: »Aha, ›... und so‹.« Blöder Kerl. Was der von mir dachte!

Erst waren wir nur verliebt, dann verlobt. Sigrids »gute Jahre« mit mir begannen.

Meine Eltern gingen an einem schönen Sonntagnachmittag mit uns und einigen befreundeten Familien spazieren. Sigrid trödelte, um einen Abstand zwischen uns und der Gruppe zu erreichen. Sie wollte ganz einfach lieber nur mit mir zusammen sein. Und was tat ich? Ich trieb sie zur Eile an. »Was sollen meine Eltern und die anderen von uns denken?« – »Lieb haben ... und so.«

Einmal war Sigrid bei mir gewesen und musste nun wieder zurück in ihr Schwesternwohnheim. Die letzte Straßenbahn fuhr um 23.40 Uhr. Wir standen schon an der Haltestelle und verabschiedeten uns. Das heißt, ich verabschiedete mich von ihr: »Wir sehen uns bald wieder.« Die Bahn kam, Sigrid setzte einen Fuß auf das Trittbrett – weiter kam sie nicht. Sie konnte und wollte sich nicht von mir trennen. Also nahm sie den Fuß wieder herunter und ließ die Bahn einfach wegfahren. Ich war sauer, stinksauer. »So, jetzt bildest du dir wohl ein, ich bringe dich zu Fuß nach Hause und laufe dann den Weg zurück. Zwei Mal in der Nacht durch die ganze Stadt! Das kommt nicht in Frage.« Wütend ging ich neben ihr her und verschwand dann wort- und grußlos in meiner Haustür. Sie blieb draußen, wartete und hoffte in ihrem Herzen sehr, dass ich zurückkommen und sie doch noch heimbegleiteten würde, wozu ich mich nach etwa einer halben Stunde auch widerwillig überwand. – »Lieb haben ... und so.«

An unserem Hochzeitstag wünschte sich der »weiße Schwan«, am Nachmittag an der Seite des Bräutigams ein wenig durch die Straßen der Stadt Meißen zu promenieren, um von den Leuten gesehen und gewiss auch ein wenig bewundert zu werden. Kein unverschämter Wunsch, im Gegenteil, ein sehr verständlicher und hübscher. Was aber sagte ich? »Unsinn. Schlag dir den Spaziergang aus dem Kopf. Wir gehören zu unseren Gästen in die Stube und lustwandeln nicht vor dem gaffenden Mob auf der Straße.« – »Lieb haben ... und so.«

Wie kann ein liebender Mann nur so dumm sein? Was heißt hier »Mann«! Ein Grünschnabel war ich, der sich im Laufe der 50 Jahre in einen wunderlichen alten Kauz verwandelt hat, dem Gott zum Glück eine Taube zur Gehilfin schickte (siehe Matthäus 3,16).

Es blieb nicht bei diesen drei unrühmlichen Beispielen. Ich fügte in den folgenden 50 Jahren noch unzählige – und schlimmere – hinzu, für die ich mich schäme. Sigrid hat tapfer durchgehalten. Wenn also einer von uns beiden die Goldmedaille verdient, dann sie! Doch so groß ihr Anteil am Gelingen unserer Ehe tatsächlich ist, diesen Preis würde sie ablehnen.

Dass wir trotz allen Versagens bis heute fröhlich zusammen sind, verdanken wir gemeinsam Gott. Er hat uns am Tag unserer Einsegnung den Satz aus dem Propheten Maleachi (Kapitel 1, Vers 2) zugesprochen: »Ich, der Herr, habe euch lieb. (Das gilt, wenn ihr vor lauter Liebe miteinander verschmelzt oder euch vor Kälte die Zähne klappern, wenn eure verwundeten Herzen bluten oder die Hilflosigkeit euch sprachlos macht.) Ich habe euch lieb!«

Seine Liebe führte uns immer wieder zueinander und hielt uns fest beieinander. Er hat sie in solcher Fülle, dass alle Frauen und Männer, die an der Liebe versagen und verzagen, aus ihr schöpfen könnten – wenn sie's denn wollten! Gold für Gott! Gold für so viel Liebe!

*Nun danket alle Gott mit Herzen, Mund und*
*Händen,*
*der große Dinge tut an uns und allen Enden,*
*der uns von Mutterleib und Kindesbeinen an*
*unzählig viel zugut bis hierher hat getan.*

*Lob, Ehr und Preis sei Gott dem Vater und dem*
*Sohne*
*und Gott dem Heil'gen Geist im höchsten*
*Himmelsthrone,*
*ihm, dem dreiein'gen Gott, wie es im Anfang war*
*und ist und bleiben wird so jetzt und immerdar.*

# Die Krönung

Ein alter Mann, dem ich zu seinem 88. Geburtstag gratulierte, erzählte mir freudestrahlend und stolz: »Herr Fischer, ich bin gestern Ururgroßvater geworden. Das ist die Krönung meines Lebens, das Pünktchen auf dem i!«

Ich kann seine Freude verstehen. Prinz Charles von England wartet schon seit vielen Jahren auf seine Krönung. Am Ende erlebt er sie vielleicht nie. Wenn seine Mutter so lange fit bleibt wie ihre Mutter, ist es für ihn chancenlos.

Da sind tatsächlich die besser dran, die auf keine schwergewichtige und mit Brillanten besetzte Goldkrone warten müssen, sondern zum Beispiel sagen können: »Die glücklichen Geburten unserer Kinder waren die Krönung unseres Lebens.« Oder: »Einmal im Urwald übernachtet zu haben war die Krönung meines Lebens.« Oder: »Die gelungene Freesienzucht im eigenen Gewächshaus war die Krönung meines Lebens.« Ich hoffe, jeder findet ein Ereignis, von dem er sagen kann: »Das war einsame Spitze, einfach die Krönung!«

Damit wir jedoch klar sehen: Die wahre Krönung steht für uns alle noch aus, falls wir sie annehmen! Ich lasse den Apostel Petrus zu Wort kommen, der es aus berufenem Munde genau weiß. Er schreibt: »Gepriesen sei Gott, der uns durch Jesus Christus neues Leben schenkt als einen Besitz im Himmel, der niemals vergeht, verdirbt oder aufgezehrt wird. Deshalb freuen wir uns jetzt schon, mitten in den Mühen des Alltags, auf das Ziel unseres Glaubens und die Krönung unseres Lebens: der Seelen Seligkeit im Paradies Gottes« (1. Petrus 1,3–5).

Leider schenken wir ihr kaum Beachtung. Das weiß ich aus eigener Erfahrung. Solange ich im Dienst vollbeschäftigt war, nahm ich mir keine Zeit, hinter den Horizont zu blicken und mich mit meiner Zukunft als »Mitbürger der Heiligen und Gottes Hausgenosse« (Epheser 2,19) zu beschäftigen. Das habe ich nun aber in meinem freien Rentnerdasein schleunigst nachgeholt.

Es hat sich gelohnt. Was sich in der Bibel dazu findet, eignet sich vorzüglich zum »krönenden Abschluss« dieses Buches. Ich wünsche allen Lesern, dass sie mit mir staunen und sich freuen.

Mancher, der sich in dieser Materie nicht so gut auskennt, mag meinen, wir Frommen bildeten uns ein, nach dem Tod auf der Milchstraße unseres Sonnensystems oder einer fern liegenden Galaxie ins himmlische Paradies zu segeln, dort von blonden Engelchen empfangen und für ewig mit gebratenen Tauben verwöhnt zu werden. Das sind allerdings Ammenmärchen, auf die kein gläubiger Christ hereinfällt.

Mit »Himmel« und »Paradies« bezeichnet die Bibel das Zuhause Gottes, den Raum, den er mit seiner heiligen Gegenwart ausfüllt. Seine Größe ist nicht messbar und seine Fülle nicht vorstellbar. Auch wenn wir Menschen es nicht wahrhaben wollen – uns sind Grenzen gesetzt, die wir erst mit dem Tod überschreiten. Dann werden wir den Himmel sehen und erleben, wie er ist, und zwar alle – die einen hautnah, die anderen aus der Ferne (Lukas 16).

Die Ouvertüre zur Seligkeit der Kinder Gottes im Paradies ist schon jetzt im vollen Gange. Jesus hat selbst dafür gesorgt. Unsere Namen stehen bereits im »himmlischen Hausbuch« geschrieben. Wir werden erwartet (Johannes 14; Lukas 10,20).

Spekulationen darüber, wie das im Einzelnen sein wird, sind zwecklos. Paulus hat das erfasst, darum schreibt er: »Was kein Auge jemals sah, was kein Ohr jemals hörte und was sich kein Mensch vorstellen kann, das hält Gott für die bereit, die ihn lieben« (1. Korinther 2,9).

So steht es beim Propheten Jesaja (35,4) und in der Offenbarung des Johannes (21,4–5) geschrieben: »Sagt den verzagten Herzen: Seid getrost, fürchtet euch nicht! Seht, da ist euer Gott! Er kommt und wird euch helfen. Er wird abwischen alle Tränen von euren Augen und der Tod wird nicht mehr sein, noch Leid noch Geschrei noch Schmerz oder Seufzen wird mehr sein; dafür ergreifen euch Freude und Wonne; denn das Erste ist vergangen. Siehe, ich mache alles neu!«

Ohne Zweifel: Es wird uns im Himmel gefallen. Nicht nur der gesamte Kosmos, auch unser Leib empfängt das Neue von Gott. »Dann werden die Augen der Blinden aufgetan und die Ohren der Tauben geöffnet werden. Dann werden die Lahmen springen wie ein Hirsch, und die Zunge der Stummen wird frohlocken« (Jesaja 35,5.6).

Schön werden wir alle sein und zufrieden mit unserem »Outfit«. Keiner beklagt sich mehr über seine angeblich schiefe Nase, krummen Beine, abstehenden Ohren oder einen zu dicken Podex. Alles an uns ist paradiesisch perfekt. Ärzte sind im Himmel so unnötig wie Psychologen, Physiotherapeuten und Friedhofsmeister. Wer auf der Erde einen solchen – ehrenwerten – Beruf ausübte, wird von Gott umgeschult und bekommt mit Sicherheit eine gute und sinnvolle Aufgabe.

Es geht aber nicht in erster Linie um ein neues, maßgeschneidertes Erscheinungsbild, sondern um die auf Gott ausgerichtete Seele, die ihm seinen guten und gnädigen Willen von den Augen abliest, damit in der neuen Welt »Güte und Treue einander begegnen, Gerechtigkeit und Friede sich küssen« (Psalm 85,11) und es ausnahmslos allen gut geht.

Jetzt erleben wir Gott im Glauben, dann im Schauen. »Wir werden ihn sehen, wie er ist« (1. Johannes 3,2). Wie oft habe ich mir das gewünscht. Wenn ich lese, dass die Schutzengel unserer Kinder »allezeit das Angesicht Gottes sehen« (Matthäus 18,10), dann bin ich regelrecht eifersüchtig auf sie. Aber das hilft nichts. Ich muss mich gedulden, auch wenn es mir schwer fällt. Dann aber werde ich mich eine Ewigkeit lang an ihm satt sehen dürfen.

Wecker sind im Himmel überflüssig. Es schläft ohnehin keiner. Wir sind pausenlos munter und frisch. Es gibt keine Nächte, nur den hellen Tag. Das Licht dazu kommt von Gott selbst, der unter uns wohnt. »Gottesdienst« wird keine Veranstaltung nach Plan und Zeit sein, sondern unser Leben. Unser Singen und Musizieren wird herrlich klingen, wenn wir mit den himmlischen Chören gemeinsam Gott loben und preisen.

Jeder bekommt Aufgaben zugeteilt, die seinen Begabungen entsprechen. Mein Lohn ist, dass ich dabei sein darf. Dieser Ort verdient wahrhaftig den Namen Paradies. Gott gibt den Ton an, und das Orchester – wir und die Engel – spielt seine Melodien, uns selbst zur Freude und zum Segen für alle.

Einen neuen Namen werden wir tragen (Offenbarung 2,17). Endlich, kann ich da nur sagen. Sieben Jahrzehnte und noch ein paar Jahre drauf sind lang genug für Gerhard, den »kühnen Kämpfer«. Dieser Name passt wahrhaftig zu mir wie die Faust aufs Auge. Er endet mit meiner Sterbeurkunde – es sei denn, einer meiner Nachfahren kommt auf die verrückte Idee, eine Ahnentafel anzulegen und ihn damit bis zum Weltuntergang zu dokumentieren.

Ganz sicher begegnen wir im Himmel Menschen, mit denen wir auf der Erde unsere Probleme hatten. Ich bin schon jetzt darauf gefasst, an der Festtafel Gottes den ehemaligen Rüpel neben mir sitzen zu haben, der mich in der Konfirmandenstunde mehrfach bis zur Weißglut reizte. Er wird mich anstrahlen und sagen: »Eigentlich dürfte ich nicht hier sitzen. Aber meine Mutter hat Jesus so dringend gebeten, mich aufzunehmen. Da hat er ihr die Freude gemacht und mich reingeholt. Jesus ist gut. Inzwischen weiß ich das. Aber damals, wo du mir das sagtest, habe ich darüber nur gespottet.«

Von schräg gegenüber lacht mich möglicherweise einer an, der meine Stasiakte um etliche Seiten bereichert und es dabei mit der Wahrheit nicht so genau genommen hat. Jetzt sitzt er hier. Gott macht's möglich!

*Du, Herr, hast selbst in Händen*
*die ganze weite Welt;*
*kannst Menschenherzen wenden,*
*wie dir es wohl gefällt.*

Wir werden in Jubel ausbrechen über jeden »irdischen Quälgeist«, den wir im Himmel antreffen. Hier sorgt Jesus für Frieden, Harmonie und Eintracht.

Oft wurde ich von Angehörigen Verstorbener gefragt: »Werde ich meine Frau – meinen Mann – im Himmel wiedersehen?« Viele erhoffen sich nach der Auferstehung im Paradies die Fortsetzung ihres Erdenlebens. Wird das so sein? Nein, gewiss nicht. In Matthäus 22,30 erklärt Jesus: »In der Auferstehung gibt es keine Ehe mehr, sondern die Auferstandenen werden den Engeln Gottes im Himmel gleichen.«

Das Paradies bleibt also eine erotikfreie Zone. Gut so. Wir haben uns auf der Erde im Umgang mit dieser wundervollen Gottesgabe nicht gerade mit Ruhm bekleckert, sondern uns weithin ohne Rücksicht auf Verluste vergnügt. Davon zeugen beispielsweise die hohen Scheidungsraten.

Gewiss wird die Freude über die auf der Erde verlorenen und im Paradies wiedergefundenen Kinder, Partner, Geschwister und Freunde groß sein, aber wir werden sie nicht höher schätzen und lieben als die uns bis dahin Unbedeutenden und Unbekannten. Alle unsere Gefühle sind auf Gott ausgerichtet.

Ich gebe zu, dass dieses Thema »Krönung« längst zu meinen Lieblingsthemen gehört. Darum breche ich hier ab, sonst finde ich kein Ende.

»Alt und morsch – kein Grund zur Panik«, aber Grund genug zur Freude; denn wenn wir Gotteskinder – ich hoffe sehr, dass der geneigte Leser zu ihnen gehört – hier ihr Leben aushauchen, schafft Gottes Odem uns neu und versetzt uns ins Paradies. Diese Krönung wünsche ich allen meinen Lesern.

»Dann werden wir sein wie die Träumenden. Unser Mund wird voll Lachens und unsere Zunge voll Rühmens sein« (Psalm 126,1.2).

*Weitere Großdruck-Bücher von Gerhard Fischer*
*im Verlag Johannis*
*finden Sie auf den folgenden Seiten …*

*Gerhard Fischer*

**Immer wieder eine Überraschung**

Kurzgeschichten

Reihe Johannis Großdruck
Bestell-Nr. 05 555

128 Seiten, kartoniert
ISBN 3-501-05555-2

In seinem stationenreichen, bewegten Leben und Dienst hat Gerhard Fischer so manches erlebt. Einige seiner interessantesten Begegnungen spiegeln sich in diesen Kurzgeschichten wider, die humorvoll, nachdenklich und immer wieder überraschend davon erzählen, wie Gott im Leben seiner Leute handelt.

*Gerhard Fischer*

**Hauptsache, es hilft**

und sieben weitere Kurzgeschichten

Reihe Johannis Großdruck
Bestell-Nr. 05 557

128 Seiten, kartoniert
ISBN 3-501-05557-6

Mit *Hauptsache, es hilft* knüpft der Autor an seinen erfolgreichen Erzählband *Immer wieder eine Überraschung* an.

*Gerhard Fischer*

**Krippenspiel mit Hindernissen**

Sechs Weihnachtserzählungen

Reihe Johannis Großdruck
Bestell-Nr. 05 551

112 Seiten, kartoniert
ISBN 3-501-05551-X

Sechs humorvolle und zugleich besinnliche Weihnachtsgeschichten aus dem Erzgebirge, bei denen jeweils ein Krippenspiel im Mittelpunkt der Ereignisse steht – allerdings ein Krippenspiel mit Hindernissen …

*Gerhard Fischer*

**Vorfreude ist erlaubt**

Sieben Weihnachtsgeschichten

Reihe Johannis Großdruck
Bestell-Nr. 05 553

112 Seiten, kartoniert
ISBN 3-501-05553-6

Eine weitere Sammlung mit munteren und nachdenkliche Weihnachtsgeschichten, die allesamt mitten aus dem Leben gegriffen sind.